SANTIAGO RONCAGLIOLO

Pudor

punto de lectura

Título: Pudor
© 2004, Santiago Roncagliolo
© Santillana Ediciones Generales, S.L.
© De esta edición: enero 2007, Punto de Lectura, S.L.
Torrelaguna, 60. 28043 Madrid (España) www.puntodelectura.com

ISBN: 84-663-6894-9
Depósito legal: B-50.649-2006
Impreso en España – Printed in Spain

Diseño de portada: Pdl
Fotografía de portada: © Jock Sturges
Diseño de colección: Punto de Lectura

Impreso por Litografía Rosés, S.A.

148 / 1

SANTIAGO RONCAGLIOLO

Pudor

A Carla, que nunca lo tuvo.

PUDOR

(del lat. *Pudor-ris*) m.
Honestidad, modestia, recato.

(del lat. *Pudor-is*) m.
Desus. Mal olor, hedor.

El primer fantasma apareció el día en que murió la abuela, en el hospital. La abuela llevaba ya dos semanas ahí y, todas las tardes, Sergio, Mariana y su mamá iban a visitarla. Solían hablar mucho de las cosas lindas que decían que harían cuando ella saliese del hospital. Pero la abuela no podía hablar con esos tubos en la nariz y en la boca. Tampoco parecía escuchar. Sergio no entendía para qué iban, era como hablar con la cama vacía.

Además, papá le había prometido a Sergio llevarlo a Disney. Pero no se podían ir hasta que la abuela se sintiese mejor. Cada tarde, nada más llegar, Sergio le preguntaba a la abuela por qué no se ponía bien para ir a Disney. Y le rogaba que sanase rápido, porfa, porfa. Entonces mamá reía tan fuerte que parecía que iba a quebrar las ventanas. Y le repetía a la abuela lo bien que se veía. Luego, a solas, lo regañaba. Estaba claro que mamá no quería ir a Disney. Tampoco Mariana, que cada vez que iba al hospital se quedaba en silencio con cara de mal humor y con los brazos cruzados. Aunque, pensándolo bien, Mariana siempre estaba así.

El último día, un doctor les dijo que no podrían ver a la paciente. Luego, se llevó a mamá a un lado y dijo más cosas que Sergio no pudo oír. Mamá volvió minutos después. Se notaba preocupada. Dijo que debía comprar medicinas y dejó a los chicos en el pasillo. En cuanto se fue, Mariana dijo que tenía cosas que hacer.

—¿Adónde vas? —le preguntó Sergio.

—¿A ti qué te importa? —respondió Mariana.

—Se lo diré a mi mamá.

—No le digas mamá. Tú eres adoptado.

—¡Mentira!

—Verdad. Te encontramos en una bolsa de basura al lado de la casa. Y te podemos devolver ahí.

Mamá le había repetido varias veces que no era adoptado. Pero cada vez que Mariana lo afirmaba, sembraba la duda. Sergio prefirió dejarla ir para que no lo atormentase. Le sacó la lengua. Ella le devolvió el gesto con el dedo medio de la mano mientras se iba. Sergio se quedó en el pasillo jugando con su Robo-Truck (que se convierte en camión). Estaba librando una importante batalla contra los centauros de Gondrath. Cuando acabó de destruir a todos los convoyes enemigos, mamá no había vuelto aún. Y a Sergio se le ocurrió jugar con la abuela.

Mamá le había dicho que la abuela no podía levantarse de la cama, pero se puede jugar a muchas cosas sin levantarse de la cama, como a los muñecos, el ahorcado y la guerra de escupitajos. Sergio agarró su muñeco, abrió la puerta 366 y entró. La abuela estaba conectada a varios aparatos y botellas que se insertaban en su brazo izquierdo, en su cara y en su pecho. Sergio pensó que la abuela se parecía a Robo-Truck. Podemos jugar a la invasión de los robots, pensó. Se lo sugirió a la abuela, pero ella no respondió.

Sergio se acercó a los aparatos. Había uno eléctrico que podía ser el tablero de mandos de la nave. Tenía algunos botones y agujas que se movían. La botella podía ser el depósito de energía y los tubos podían ser los ductos de circulación de combustible. Subió a la cama y empezó a dirigir la nave, sentado en la cabina sobre las piernas de la abuela. Le costó un poco acomodarlas para que sirviesen de asiento, pero lo logró.

A la mitad de la ruta estelar se dio cuenta de que la pared de enfrente era blanca. Eso era un error: el espacio exterior es negro con estrellitas y asteroides. Tuvo que volver a bajar y empujar un poco el televisor que el tío Roberto le había llevado a la abuela, hasta que quedó justo frente a la cama. Ahora sí, el espacio era negro, aunque el reflejo de la luz que entraba por la ventana estropeaba un poco el efecto. Sergio volvió a encaramarse sobre la abuela y surcó tres galaxias y un sistema planetario hasta reparar en que la abuela estaba dura como el metal antigravitacional.

Bajó de la cama y le volvió a preguntar a qué quería jugar. Una vez más, no obtuvo respuesta. Se acercó a ella y le abrió un ojo con los dedos. La abuela tenía la piel seca y fría, pero él no lo notó. Sólo sonrió al verla guiñar el ojo de esa manera. Ella nunca había podido guiñar el ojo. Sergio cerró el que estaba abierto y abrió el otro. Volvió a sonreír. Mira, abuela, dijo, ya puedes guiñar los ojos. Los dos. Volvió a cerrar el que estaba abierto, empujó un poco la pierna que había movido al sentarse sobre ella y descubrió que la abuela no podía mover sólo una pierna: o se movía entera o no se movía nada.

La empujó hasta donde pudo y se dio cuenta de que sus dientes estaban fuera de la boca, en un vaso sobre la mesa blanca. Siempre había querido probarse la dentadura de la abuela para ser como los tiburones, que tienen varias hileras de dientes. La sacó del vaso y trató de morderlos, pero no entraban en su boca. Intentó ponérselos a la abuela, pero era como si ese agujero no fuese más su boca en realidad.

Sergio pensó que quizá los dientes no eran de ella, que alguien más se los había dejado olvidados en el vaso de agua, alguien que seguramente ya no necesitaría sonreír como se sonríe en los hospitales. También pensó que, después de todo, la abuela era desarmable como un robot que se convierte en cadáver. Se metió los dientes al bolsillo y abrió el cajón de la mesa blanca. Había un poco de maquillaje que mamá había insistido en llevarle a la abuela, un espejo de mano, un frasco de alcohol y algunas medicinas. También guardó el alcohol en su bolsillo. Cerró el cajón y devolvió el televisor a su sitio. Luego gritó. Con todos sus pulmones.

Minutos después, había varios médicos y enfermeras dentro de la habitación, todos alrededor de la abuela. Parecían muy apurados y se empujaban y gritaban entre sí. Uno de ellos empezó a golpear a la abuela en el pecho, y otro levantó sus piernas y le conectó un cable, como si no tuviera ya suficientes para una cabina espacial de hipervelocidad. Llevaban tanta prisa que ni siquiera notaron la presencia de Sergio, que se había hecho un ovillo al lado de la puerta del baño.

Fue entonces cuando apareció el fantasma. Era una mujer. Entró por la puerta con el pijama medio abierto por atrás y una botella de suero en la mano, tratando de peinarse un poco, como si la hubieran agarrado desprevenida.

14

Cuando vio el ajetreo alrededor de la cama, se detuvo a observar con curiosidad. Era una mujer muy extraña. Olía a medicina rancia, iba mal pintada y tenía el pelo largo y desordenado. La cicatriz de una operación en el pecho sobresalía del pijama apuntando hacia el cuello. Apenas entendió lo que ocurría, miró a todas partes para averiguar dónde estaba. Los aparatos, los doctores y la enfermera sonriente con el dedo en la boca le confirmaron que era un cuarto de hospital. Después se volvió hacia Sergio, que la miraba, y dio un salto atrás, como si recién lo hubiese descubierto. Preguntó:

—¿Ésa soy yo?

—Es mi abuela —negó Sergio.

—Ah, bueno —gruñó el fantasma. Siguió mirando y luego volvió a hablarle a Sergio—. Seguro que es mejor para ella.

Sergio prefirió no responder. A veces, cuando papá se quejaba de la actitud de alguien, mamá decía «sus razones tendrá» y dejaba correr el asunto. Sergio pensó que el fantasma también tendría sus razones para decir esas cosas de los muertos, y además así, con medio calzón afuera de la ropa, escupiendo al hablar sobre la foto de la enfermera que sonreía con el dedo en la boca. Pero el fantasma sólo se quedó un momento en esa posición. Después se volvió hacia Sergio, una vez más como si acabase de notar que estaba ahí.

—Yo sé quién eres —le dijo—. Tú también estás muerto.

Luego vino una enfermera con una máscara en la cara y echó del cuarto a Sergio. Era una máscara blanca, como el silencio de los hospitales.

Esa misma noche se celebró el velorio en el tanatorio del hospital. La abuela fue expuesta en un cajón con cuatro velas eléctricas en las esquinas. No tenía su dentadura, pero le habían rellenado la boca con algodón. Algunas hebras blancas escapaban entre sus labios. Sergio temió que el fantasma apareciese de nuevo y lo volvieran a echar del lugar, pero no ocurrió nada especial. Los hombres se amontonaban en las esquinas del tanatorio contando chistes rojos y las mujeres lloraban a ambos lados del féretro con la pena agotada, como liberándose de las últimas lágrimas que tenían guardadas pero sin desperdiciarlas, no fueran a quedarse sin reservas para el próximo muerto. Al ver el cuerpo rígido, Sergio entendió que ya nada se interponía entre él y Disney, y más tarde, al acostarse, pudo dormir con una sonrisa en los labios.

Al día siguiente del funeral, Lucy se despertó como todas las mañanas, media hora antes que su esposo y los chicos. Enchufó la terma, se miró la papada y las bolsas de los ojos en el espejo y las apretó con los dedos, como si pudiera devolver la grasa a sus lugares de origen. Luego preparó el café, puso tostadas, hizo sandwiches de huevo duro y atún para la lonchera de los chicos, planchó una camisa azul, tomó nota mental de pulir los azulejos de la cocina, arrancó a Sergio de la cama y despertó a Mariana, tocó la puerta de Papapa, volvió a arrancar a Sergio de la cama, despertó a Alfredo, volvió a arrancar a Sergio de la cama, verificó que hubiese toallas en el baño, oyó gruñir a Alfredo porque él quería la camisa blanca, planchó una camisa blanca en treinta segundos, ayudó a Sergio a lavarse los dientes, agrupó las pastillas de Papapa, oyó las quejas de Mariana porque los sandwiches de atún y huevo duro apestan en las loncheras, tocó la puerta del baño para que saliese Alfredo, le dio a Papapa sus pastillas y un vaso de agua, encontró el portafolios que Alfredo había dejado en la lavandería, le dijo a Papapa que mejor se bañase al volver de su paseo matutino, le recordó a Alfredo su cita con el doctor, desenchufó la terma, se despidió de todos con sendos besos y sandwiches, se encerró en el baño y se echó a llorar. Lloró más de lo que se creía capaz. Hacía mucho que no lloraba y creía haber olvidado cómo se hacía.

Después de calmarse, tomó un baño y dejó que el agua se llevase un poco de su angustia por el desagüe. Le gustaba el golpeteo de las gotas sobre la nuca y su manera de recorrer sus hombros y su espalda. No cerró el caño cuando el agua se empezó a enfriar. Aunque hacía frío afuera, necesitaba refrescarse. Al salir de la ducha volvió a mirarse en el espejo. Notó que el pecho le colgaba —más bien, se le descolgaba— tanto como las bolsas bajo los ojos. Revolvió su bolso en busca de sombras marrones brillantes. No sólo resaltarían sus ojos, sino que un poco de sombra brillante aplicada con habilidad entre los pechos da la impresión de que están más firmes y apretados.

En el interior del bolso había una nota que no recordaba haber puesto ahí. Quizá fuese un recordatorio de algo que tenía que hacer durante el día, o la lista de compras, o las direcciones a las que tenía que ir a vender los productos de belleza. No solía anotar las cosas, pero tampoco confiaba demasiado en su memoria. Desdobló la nota y leyó:

Quiero lamerte desde el cuello hasta las piernas. Quiero que seas mi puta privada. Estaré en el mercado a las 11.30 a.m. Te espero.

Lucy miró a todos lados, con la sensación de ser observada en el baño. Instintivamente, se apretó más la toalla al cuerpo. Volvió a leer la nota, la arrugó y la tiró a la basura. Pensó que era sórdida. ¿Quién podría haber deslizado una cosa así en su bolso? ¿Lo habrían hecho durante el funeral? En ese caso, además, era desagradable y perverso. Los hombres pueden contar chistes rojos en los funerales, pero deslizar ese tipo de notas en el bolso de una mujer casada es enfermo.

¿Y si fue el mismo Alfredo? Hacía dos semanas, Lucy le había mostrado un artículo de Cosmopolitan que hablaba de renovar la relación de la pareja mediante iniciativas sexuales creativas. Lucy se consideraba moderna y creativa, y no tenía miedo de hablar de sexo, pero ¿sería ése el concepto de Alfredo de una iniciativa excitante? ¿No le bastaba con llevarla a cenar o algo así? ¿Y si trataba de probarla, de ver cómo reaccionaba ella ante la invitación de un amante secreto? Aun así, a Alfredo le faltaba imaginación para urdir un plan tan retorcido. Lo más probable era que no fuese él.

Pero entonces, ¿quién? Tendría que haber sido un amigo de la familia. ¿Roberto? Lucy siempre había pensado que Roberto la miraba de un modo extraño, pero no a tal extremo. ¿Germán? No, Germán no haría nada por el estilo tan cerca de su esposa. Quizá lo haría en un bar o en el trabajo, pero no ahí, con Mildred al lado. Quizá. ¿Y si fuese una mujer? Lucy se mordió el labio y recogió el papel del basurero. Lo estiró y trató de deducir si la letra era de hombre o de mujer. Se dio cuenta de que, cuando uno dice «él» o «ella», tiene que especificar el sexo de la persona, pero si uno dice «yo» o «tú» no es necesario. Un yo o un tú pueden ser hombres, mujeres, o cualquier otra cosa. Esa sutileza de las palabras le pareció morbosa.

Además, pensó que no sólo no sabía quién era el autor, tampoco podía estar segura de ser ella la destinataria. ¿Y si era un error? Todos los bolsos son negros en un funeral, quizá el autor deslizó la nota en el bolso equivocado. O quizá la nota fue escrita para un hombre, al fin y al cabo, alguien capaz de escribir eso es capaz de cualquier cosa, inclusive de pedirle a un hombre que sea su puta. Dos personas que se comunican, aunque no hablen, dan por sentado el sexo de cada una de ellas. Y no siempre es tan claro.

Salió del baño y constató el silencio de la casa. A las 11.30, decía la nota. Sí. Seguro que era un error, pero en ese caso sería divertido aparecer en el mercado a las 11.30 a ver a quién encontraba. Quizá podía encontrar un hueco en su agenda entre la visita a Mari Pili y el momento de recoger al niño. Trató de ordenar su agenda mental. De pronto, oyó un sonido sordo y fugaz que provenía de algún lugar de la casa, como un siseo.

—¿Alfredo? ¿Te has olvidado algo? —preguntó. Alfredo no respondió. Nadie más lo hizo.

Lucy entró en su habitación. En los últimos días, había estado sintiendo un extraño olor a humedad, el aroma rancio de lo que se guarda en un sótano por demasiado tiempo. Había comprado las bolsas al vacío de Telemercado para guardar aislada la ropa de invierno, pero el olor seguía ahí. Había comprado un extractor de humedad ante la férrea oposición de Alfredo. Pero por mucho dinero que gastase en él, el olor no se iba, como si fuese el perfume natural de las cosas. Empezó a escoger su ropa. Quizá la blusa rosada con los zapatos a juego. 11.30. Si quería ir, aún tenía tiempo. O quizá el conjunto azul.

Pero entonces, el ruido se repitió.

—¿Sergio?

Salió al pasillo y abrió con un leve empujón la puerta de los chicos. Para variar, los juguetes de Sergio estaban tirados por el suelo y su almohada tenía un agujero. Las cosas de Mariana sí estaban ordenadas, guardadas en cajones con llave para que Sergio no las tocase. Lucy trató de poner un poco de orden, pero luego decidió que Sergio tendría que hacerlo solo. El sonido volvió a aparecer, ahora dos veces seguidas, en algún lugar de ahí afuera. A Lucy se le cayó la toalla del pecho. Pensó que, si había un atacante dentro de la casa, era muy idiota salir a buscarlo envuelta en una toalla. Como si fuese a ahuyentarlo dándole toallazos desnuda. Pero se tranquilizó pensando que no había nadie, claro que no había nadie. 11.30. Se volvió a poner la toalla y salió al pasillo. Abrió la puerta del baño de visitas. Era un baño pequeñito, como una trampa para ratones.

En el baño sólo había una gotera en la llave de la ducha. Salió. Ya estaba en la sala.

Entendió que al ladrón le sería fácil cortarle la retirada si trataba de correr hacia los dormitorios. Pero no tenía otro escape, y no podía salir a la calle. Se acordó de las cerraduras de seguridad que una vez le ofreció un vendedor calvo que llevaba una corbata del demonio de Tasmania. En ese momento, le daba más miedo la mirada perversa del vendedor que la amenaza de un robo. Debió haber comprado las cerraduras. Se prometió hacerlo si volvía a aparecer el vendedor y ella estaba aún viva.

Otro ruido salió de la cocina. Lucy imaginó que le daría todo el dinero al intruso con tal de que no la tocase, y que si él insistía, gritaría tan fuerte que vendrían los vecinos y la policía. Se armó de valor, se acercó a la puerta de la cocina y agarró uno de los elefantitos de mármol que Alfredo detestaba. El elefante era contundente y podía dejar fuera de combate a cualquiera. Lo levantó sobre su cabeza y se acercó al marco de la puerta, a esperar a que el intruso saliese. Quizá aún no la había visto. En ese caso, ella contaba con el factor sorpresa, aunque no sabía para qué. Un nuevo ruido se produjo en la cocina, como una sacudida. Lucy no pudo más, se precipitó contra la puerta batiente de la cocina con los ojos cerrados y gritó:

—¡Fuera! ¡¿Qué haces aquí?! ¡Fueraaaaaa!

En el suelo, al lado del refrigerador, el gato lamía su plato vacío y trataba de alcanzar, de pie sobre sus cuartos traseros, la bolsa de galletas que descansaba sobre una repisa. Lucy lo había olvidado en sus labores de la mañana. Suspiró con alivio. Pero él le maulló con odio.

—Pues, verá usted... eh... Hay dos tipos de médicos: los anglosajones y los latinos.

El doctor tenía una oficina con vistas a la residencial, en el edificio de consultorios de la clínica. Cada vez que iba a consulta, Alfredo jugaba mentalmente a buscar su propio departamento entre el color ceniza de los edificios, pero la residencial se le confundía con el cielo gris y la garúa de agosto, y también con la humedad. Él mismo, durante los últimos meses, se confundía con la humedad. Se difuminaba en agua.

—Para los anglosajones, la cosa es más fácil. Porque hacen su trabajo como si fabricaran zapatos. No se... involucran... emocionalmente...

El doctor había servido dos whiskeys. No tenía hielo, pero les echó un poco de agua del caño en que se lavaba las manos antes de cada chequeo. Luego se sentó y comenzó a explicarle cosas con un puntero y varios papeles, placas, radiografías, análisis, más papeles. No era el mismo doctor que había atendido a la abuela. A Alfredo le había parecido un buen doctor el de la abuela, pero ahora la abuela estaba muerta, de modo que el doctor ya no le parecía tan bueno y, además, le traía recuerdos tristes.

A veces le habría gustado ser esclerótico, como el Papapa, para no tener recuerdos. Prefería confundir las memorias más dolorosas, no saber si la abuela era su madre o su suegra, nunca acordarse de pagar la hipoteca, olvidar el camino al consultorio del médico. El sabor del whiskey, en cambio, sí era algo que le gustaba recordar. Acabó el suyo casi de un trago y dejó el vaso sobre la mesa con un golpe, para ver si el doctor le ofrecía más. El doctor no quitó la vista de sus papeles.

—... en cambio, a nosotros... la gente... Todos esperan que seamos como Dios, que arreglemos todo... hasta lo que no es posible...

Alfredo hacía un gran esfuerzo por concentrarse en lo que el médico le estaba diciendo, pero se perdía por largos momentos. Sus palabras parecían la bruma difusa de invierno, que siempre pesa sobre la ciudad como una lápida y nunca termina de resolverse en una lluvia de verdad. En Lima, durante el invierno, la bruma se te mete en los huesos. Sabes que no importa cuánto te abrigues, atravesará tu ropa y se colará por tus manos, por tu nariz, hasta calarte. A veces, desde el quinto piso donde vive Alfredo, ya no se ve nada, ni siquiera un árbol o el supermercado o el edificio de enfrente. La ventana parece un muro de plomo.

En esos días, por lo general, el motor del carro no enciende, las vías respiratorias se llenan de mocos, las secretarias de la oficina están de mal humor y el cielo parece haber descendido kilómetros, agotado de mantenerse ahí arriba, solo, parece estarse derritiendo perezosamente sobre la ciudad, para ahogarla y aplastarla. Alfredo miró su vaso vacío. Pensó que, si volvía a casa oliendo a alcohol, Lucy se encerraría con él en el cuarto y le gritaría en voz baja, para no alarmar al niño. No le importaba. Eran las diez de la mañana. Faltaban siglos para volver a casa.

—De modo que, aunque es difícil hacer un pronóstico preciso en estos casos...

—¿Cuánto tiempo, doctor?

—¿Cómo?

—¿Cuánto tiempo me queda?

Se sorprendió de su propia tranquilidad. Había visto películas con escenas como ésa, y ninguno de los pacientes había mantenido la serenidad como él. O la apatía, se le hacía difícil saber qué sentía. No le habría importado tener una enfermedad que le permitiese una baja con goce de haber, aunque lo obligase a quedarse encerrado en su cuarto, sin moverse. Le parecía que no mover un músculo durante una larga temporada sería perfecto y fácil, sería lo mejor que él podría hacer y lo que él podría hacer mejor. Pero le faltaban dos años para terminar de pagar la hipoteca. Quería vivir hasta entonces, para ver que su casa se convirtiese en su casa de verdad. Y quién sabe, quizá en la empresa podría conseguir un ascenso. Corría el rumor de que el director adjunto renunciaría para evitar una auditoría. Quizá era ésa la oportunidad perfecta. Una más de todas las oportunidades perfectas que le habían abofeteado en la cara durante los últimos veinte años. O quizá no. Y Disney. Sergio quería ir a Disney.

—Seis meses... si tenemos suerte.

Alfredo miró su vaso vacío. El doctor se sintió obligado a servirle más mientras asimilaba la noticia. Alfredo bebió y se volvió hacia su propio reflejo en el fondo del vaso. Se imaginó verde con hilachas de algodón saliéndole de la boca.

—¿Puedo pagarle la consulta a plazos? Digamos... ¿En seis meses?

Sonrió. Pero el doctor no entendió la broma.

No sabía qué hacer después de la consulta. Había avisado en la oficina que volvería antes de las once. Y en casa no había nadie. Podía llamar a algún amigo, pero estarían todos trabajando. Aunque fuese fin de semana, se dio cuenta de que no se le ocurriría a quién llamar. Se detuvo en la tienda de un grifo. Llevaba dos años sin fumar, pero pensaba que dadas las circunstancias, daba más o menos igual. Los estacionamientos de la tienda estaban completos. Dejó el auto en doble fila y bajó. Compró una cajetilla de Marlboro rojo. Y una botella de whiskey. Era cara, pero pensó que sus ahorros también daban más o menos igual. Afuera, las bocinas y los insultos le anunciaron que su carro bloqueaba la salida de un Fiat. Tuvo ganas de escupirle en la cara al conductor que gritaba. Tuvo ganas de subirse al Fiat y morirse ahí, a ver qué hacía el conductor, a ver a quién le gritaba. Pero a la vez se sentía como flotando en el aire, como si nada pudiese afectarlo. Subió a su auto sin decir palabra, se quitó del camino y encendió un cigarrillo. En su interior, sintió la primera bocanada expandirse en sus pulmones y circular por sus venas hasta cada milímetro de su cuerpo. Abrió la botella y dio un largo trago directamente del pico. El ardor bajó lentamente hasta su estómago para mezclarse con el café y las tostadas del desayuno. Tosió largamente. Se le irritaron los ojos. Y aceleró para llegar a la oficina.

Al bajar del auto sospechó que estaba ebrio. Apenas había bebido un par de tragos más, pero había perdido la costumbre. Metió la botella en su maletín y bajó tratando de mantener el equilibrio. Saludó a un par de secretarias y empleados que volvían de comprar sandwiches. Saludó a la recepcionista. Por primera vez, se preguntó por qué tenía que saludar a tantas personas que no le interesaban. Subió a su oficina. Su secretaria Gloria estaba ahí con su sonrisa de siempre. Le miró las tetas. Le miró el culo. Ambos le parecieron horrorosos, gordos y fofos. Devolvió la sonrisa y se encerró en su oficina a preparar un informe sobre la venta de lubricantes industriales para las fábricas de harina de pescado. Avanzó una línea y media. Luego llamó a Gloria, le volvió a mirar las tetas y le pidió un café.

Cuando llegó el café, pensó en levantar el teléfono y llamar a casa. O quizá pedir permiso para ausentarse del trabajo todo el día. Encendió otro cigarrillo. No tenía cenicero. Ni ventanas. Se aflojó un poco el nudo de la corbata. Quizá a la hora de almuerzo podría bajar y hablar con alguien de la oficina, quizá debía hablar sobre lo que acababa de ocurrir. Quizá con Javier. No, Javier no sabe de nada que no incluya autos, fútbol o cerveza. No sabría qué decir. A Gloria podría contarle. No, mejor no. Con Gloria se distraería. Nunca había estado tan obsesionado con unas tetas tan horribles. Vertió un poco de whiskey en el café. Bebió de un trago la mezcla. Trató de poner los pies sobre la mesa, pero su oficina era demasiado pequeña. No permitía estirar las piernas. Pidió otro café. Miró el reloj de la pared. 10.35.

Tenía todo el día por delante.

Durante la hora de gimnasia, las chicas hicieron salto sobre el caballete y pasamanos. El primer ejercicio marcaba los glúteos incipientes y la firmeza de las piernas. El segundo aplanaba los pechos. Mariana, que no tenía ninguna de todas esas cosas, habría preferido no hacer ejercicios. Tenía un ligero dolor en la parte baja del estómago, pero la profesora no le había permitido escaparse.

Justo antes de ella saltó Katy. Mariana la observó con atención. La conocía de toda la vida por sus madres, que eran amigas, pero Katy había crecido mucho en el último verano. Ahora parecía de veinte años. Al saltar, su trasero se intensificaba y endurecía, parecía que iba a romper el bloomer deportivo. Y sus piernas, cubiertas de invisibles pero brillantes vellos rubios, se estiraban hacia delante dejando ver unos muslos duros y ágiles. Su pecho era tan grande que ni siquiera parecía reducirse en el pasamanos. Mariana quería ser como Katy.

—¡Mariana! ¡Mariana Ramos! ¿Vas a saltar o has venido a mirar?

—¡Ah! Sí. Perdone.

Mariana volvió en sí más por el dolor de barriga que por la voz de la profesora. Se acomodó el bloomer, que siempre se le metía entre las nalgas, calculó la distancia, tomó impulso y corrió hacia el caballete. Puso las manos por delante y saltó. Pero no quitó las manos a tiempo. Se le enredaron con las piernas y se fue hacia un lado. Cayó al costado del caballete, como un costal. Sus lentes volaron por los aires y se estrellaron contra el suelo. Y la clase estalló en carcajadas.

Mariana no se movió del suelo. Le habría gustado ser gris ceniza, como el pavimento, para mimetizarse con él. Daba igual. Eran las carcajadas las que se mimetizaban entre todas las demás risas que Mariana solía provocar. Katy se acercó a ayudarla. Llevaba sus lentes.

—¿Estás bien?

—Estoy hecha una mierda. O sea, nada fuera de lo normal.

Katy la ayudó a levantarse y hasta silenció algunas de las risas. Mariana se zafó rápido de su ayuda. No quería parecer una niñita. No más de lo habitual, al menos. A fin de cuentas, aún le faltaba la peor parte: las duchas. Además de pechos y glúteos, Mariana carecía de pelos. Y curiosamente, eso era lo que más envidiaba cuando se duchaban todas juntas. La mayoría de las chuchas de la clase tenían pelos. Y las axilas también, y hasta las piernas. Había chicas que ya se depilaban incluso el bigote. Mariana apenas tenía un par de vellos tristemente abandonados por el desarrollo en las cercanías de la chucha. Y cada clase de gimnasia aparecía alguna idiota a decir:

—¡Mariana, no tienes tetas! ¿No serás un chico? Ah, no, verdad, los chicos tienen pelos.

Y ella respondía:

—Te puedo hacer lo mismo que un chico, pero con un destornillador. ¿Quieres?

Esta vez, Katy seguía a su lado cuando se produjo el diálogo rutinario.

—No les hagas caso —le dijo mientras se quitaba la camiseta—. Son unas huevonas.

Mariana pudo observar sus axilas, que mostraban la textura áspera que deja la navaja de afeitar.

—Me llegan a la punta de la teta —dijo.

Katy se quitó el sostén y Mariana se quitó el formador. Comparó mentalmente su pecho con el de Katy. Parecían el gordo y el flaco. Llevaba dos años de retraso respecto a todo el mundo. Las había visto crecer desde abajo. Y ella se había quedado abajo. Katy se quitó el bloomer. Llevaba un calzón rosado con orlas blancas, mucho más adulto que el calzón de florecitas de colores de Mariana. Mariana se quitó el calzón junto con el bloomer para no dejarlo ver. Katy se tuvo que sentar, porque se le había trabado el calzón en las rodillas. Sus rodillas ya no eran dos carrizos torcidos como las de Mariana. Parecían dos torres derechas y suaves que conectaban los muslos y las canillas con una curva suave. Llevaba las uñas de los pies pintadas de azul y escarchadas.

—¡Qué lindas tus uñas!

—Mi mami me prestó el esmalte. Lindo, ¿no? Pero a mí me gustaría más uno negro.

Entraron a las duchas. El agua estaba caliente y relajante. El pelo rubio de Katy se acható bajo el agua que caía. Ella cerró los ojos y empezó a pasarse el jabón por el cuerpo. El vapor la rodeaba fantasmalmente, como aislándola del mundo alrededor.

—No tengo jabón —dijo Mariana—. ¿Puedo usar el tuyo?

Katy se lo dio. Mariana empezó a enjabonarse mientras se fijaba en las uñas de Katy. Sintió pudor. No la vergüenza de tener menos cuerpo y menos todo que el resto de la clase. No. Pudor. Sintió que prefería estar vestida ante la mirada, la sonrisa y las uñas de Katy. Se sintió invadida. Salió de la ducha bruscamente y aprovechó la toalla para envolverse en ella tapándose medio cuerpo. Así oculta, empezó a vestirse. Se puso el calzón, la falda escolar y la blusa. Ya iba a irse cuando el dolor de la barriga se intensificó. Tuvo que sentarse por unos segundos. Sintió una tenue revolución descender por su interior. Se volvió a quitar el calzón. Tres manchas de un marrón oscuro y rojizo se posaban como abejas sobre las flores de colores. Mariana se puso verde. Era la primera vez.

—¿Te sientes mal? —le preguntó Katy, que salía recién de la ducha.

Papapa se dejó llevar por la enfermera unos pasos. Luego volteó y se dio cuenta de que no había avanzado más de un metro en los últimos diez minutos. Sintió rabia, pero la olvidó pronto. Luego olvidó otra cosa. Trató de recordar qué, pero no lo consiguió. El pensamiento había pasado fugazmente por su cabeza, como un chispazo que no produce llama. Trató de recordar alguna otra cosa, cualquier otra cosa. Se sintió agotado.

—¿Quiere sentarse? —dijo la enfermera—. ¿Sí? A ver, vamos acercándonos a la banca con cuidado, tranquilito, eso es.

Papapa odiaba a esta enfermera que lo trataba como a un imbécil. Y a Lucy y Alfredo, que lo trataban como al gato. Y a Sergio y Mariana, que no lo trataban. Hasta a la abuela. Por cierto, ¿dónde estaría la abuela? No la había visto en varios días. ¿O sí? Seguramente sí, pero no le venía a la memoria. Es decir, la abuela siempre estaba. Siempre había estado. No podía recordar nada de la vida antes de ella. Y después de ella, toda la vida había sido igual. Podía reciclar un recuerdo del 56 y usarlo como si fuese del día anterior.

Trató de darle la espalda a la enfermera, pero sintió que su cintura no se lo permitiría. Decidió perdonarla. Se acomodó en la banca para mirar a la gente. Su vista era buena. Eso podía hacerlo bien. Al menos eso. Primero había dejado de servir para trabajar. Luego había dejado de servir para tener una casa. Finalmente, había dejado de servir para querer. Ahora no servía ni siquiera para recordar. Sólo para mirar.

En una esquina del parque había dos niños jugando fútbol. Más cerca, junto a los arbustos, una pareja se besaba casi comiéndose. Él tenía la mano metida en el pantalón de ella. Ella estaba echada casi completamente debajo de él. Papapa se preguntó si no tendrían casa. Las parejas que se besaban de ese modo lo desconcertaban. No es que se indignase, sino que no comprendía su falta de pudor. Él mismo nunca había sido un ángel, pero siempre había guardado las formas como corresponde. Trató de envidiarlos un poco, pero descubrió con fastidio que no sentía ningún deseo.

En una banca, al frente, había una mujer. Debía ser hasta más vieja que él. Papapa celebraba para sus adentros cada encuentro con alguien más viejo que él. La mayoría de sus mayores habían ido desapareciendo hasta convertirlo en el hombre más viejo del que tenía noticias. Pero esta mujer podía ser, por lo menos, de su edad. Su rostro estaba surcado, arrasado de tiempo. Parecía tener arrugados hasta los ojos y la lengua. Su único movimiento visible era un tic en la mano, como si pasase las cuentas de un rosario invisible mientras fijaba la vista en el cielo. Su enfermera leía una revista de las vidas privadas de los famosos. Papapa pensó que conocía a esa mujer de alguna parte.

Llevaba años sin fijarse en las mujeres porque todas le parecían hijas o nietas y lo trataban como su enfermera. Antes no despreciaba un buen pedazo de carne si se le ponía a tiro. Últimamente, aun si le metía mano a una chica, ella lo consideraba un síntoma de Parkinson y le sonreía. Había perdido hasta la capacidad de recibir cachetadas y generar rubores. Pero en sus paseos al parque iba aprendiendo a encontrar hermosura en las comisuras de los labios vencidas por la edad, en los huesos quebradizos, en las cabelleras que dejaban adivinar el blanco ceniciento por debajo del tinte. Esta mujer era de ese tipo. De las que no se pueden tocar porque se quiebran. Sólo se dejan mirar.

Quizá lo atraían sus ojos grises o su extrema delgadez. O quizá la sensación de haberla visto antes. Pensó que sería mejor no mirarla tanto, la abuela podía enterarse, seguro que la enfermera le diría algo. Las mujeres siempre están confabuladas. Pero continuó mirándola con disimulo. Si sentía que la enfermera lo miraba, desviaba los ojos hacia los niños que jugaban fútbol, jamás hacia la pareja que se besaba en el suelo. Lo hizo así dos o tres veces, hasta que pensó:

—Qué carajo. Soy mayor de edad y hago lo que quiero.

Y decidió seguir haciendo lo que estaba haciendo.

Pero había olvidado qué era.

Ese olor. Reconocía ese olor de algún lugar. Y se ponía nervioso. No era olor de comida, ni el olor de los pisos cuando se enceran. No era nada que formase parte de la rutina. Lo había sentido en el pasillo alguna vez, pero era difícil saber de dónde provenía. Quizá del techo o del suelo. Para él, el universo comenzaba y terminaba en esa casa, de modo que nada podía venir de afuera. Lo había verificado. Cuando se encaramaba a alguna ventana podía ver que todo lo de afuera era pequeño y lejano. A veces se acercaba algún pájaro pero él no podía saltar tan lejos, así que debía conformarse con las cucarachas que poblaban la cocina en verano o con alguna araña.

A veces aparecía en casa alguien nuevo, pero seguramente era producido por el umbral. En el umbral, todos los de la casa desaparecían por la mañana y eran reproducidos por la tarde para cuidar de él. Pero ese olor no era de ninguno de ellos. No era el olor a rancio del Papapa, ni los perfumes dulzones de la mamá ni el desodorante del papá ni el olor a sudor y barro de Sergio. Era mejor. Desesperantemente mejor. ¿De dónde vendría? Sintió un impulso desconocido y se preocupó. Sabía que era malo. Trató de reprimirlo. Buscó su caja con la vista. Estaba lejos, más allá de la cocina. Además, el impulso lo obligaba a hacer algo inmediatamente, y a hacerlo justo en donde estaba. Cosas del olor. Arañó la alfombra en un último esfuerzo por resistir. Pero no fue posible. Emitió un par de gemidos pidiendo ayuda. Nadie respondió. Incapaz de aguantar más, trepó sobre el sofá, rascó su superficie un poco, se acomodó y vació sus riñones sobre el tapiz verde de los cojines. Sintió un alivio indescriptible. Trató de enterrar lo que había hecho, pero la superficie del sofá no era como la tierra. De todos modos, hizo lo que pudo y salió corriendo a la cocina, porque sabía que había hecho algo muy muy malo.

El segundo fantasma apareció en el colegio. Y el tercero también. Sergio estaba solo esa vez. Siempre estaba solo en los recreos. Y también en todos los otros sitios. Le gustaba. Ese día salió al patio, atravesó las canchas de básquet y fulbito hasta llegar a la acequia de la escuela y dobló a la izquierda. Luego caminó hasta los pedregales más allá del campo de fútbol, donde no había nadie más que, de vez en cuando, algún fugado de secundaria que se ocultaba a fumar un cigarro. Y entonces escuchó:

—¿Qué haces?

Volteó. Esa niña Jasmín, la hija de la tía Mari Pili, lo había seguido hasta ahí.

—Fuera —dijo Sergio.

—El colegio es de todos —respondió ella.

—Lárgate —Sergio no iba a discutir detalles legales.

—No.

Sergio sacó sus armas de cacería, se sentó en cuclillas al borde de las piedras y esperó en silencio. No pensaba en nada cuando esperaba, sólo esperaba. Jasmín también esperó. Al cabo de diez minutos, apareció una lagartija. Sergio permaneció inmóvil, casi logró anular los latidos de su corazón. Pero no le quitó la vista de encima. La lagartija sacaba y metía la lengua muy rápidamente. Sergio le devolvió el saludo con la lengua también. Luego se quedó muy quieto, hasta parecer una piedra, mientras la lagartija bajaba la guardia y le daba la espalda. Entonces, con un movimiento muy rápido, la agarró por la cola. Mantuvo el dedo presionando la cola del animal contra una piedra hasta que se desprendió. Y la guardó a un lado. Entonces oyó:

—¡Aaaahhh!

—Ssshhht. ¿Qué te pasa?

—Has matado a la lagartija.

—No la he matado, le he cortado la cola.

—La has matado.

—Sí, la he matado. ¿Y a ti qué te importa? ¡Lárgate!

—No.

Era inútil. Sergio puso cara de fastidio, pero ella no se movió. Después de un rato en silencio, apareció un escorpión. Sergio estaba de suerte esa mañana. No tenía ni que estirarse para alcanzarlo. Tomó el tarro de mermelada y encerró al bicho. Luego dibujó alrededor un círculo de alcohol. Y le prendió fuego. Retiró el tarro y el escorpión empezó a correr hacia los lados, hasta estar demasiado cerca de las paredes ardientes. Lo intentó cuatro veces. No tenía salida, así que levantó su aguijón muy alto y se picó a sí mismo en la cabeza, para no morir quemado. Sergio esperaba ese suicidio. Aún lo vio agitarse un poco antes de dejar de moverse para siempre. Y entonces:

—¡A ése sí lo mataste!

—Se mató solo. Yo sólo lo ayudé.

—Eres muy malo.

Sergio sacó del bolsillo la dentadura de su abuela.

—Mira. Esto es de una muerta de verdad.

Pensó que Jasmín se asustaría, pero ella se quedó impávida.

—No te creo.

Sergio la movió con la mano para hacerla hablar y puso voz tenebrosa.

—¡Estoy muerta, estoy muerta, y he venido por ti...!

—Las dentaduras no hablan.

—Las de los muertos sí.

—No es cierto. Yo conozco un muerto. Y no habla.

—Mentira —dijo él.

Ella se encogió de hombros y se fue. Parecía aburrida. Sergio guardó sus trofeos en el tarro de mermelada y emprendió el regreso también, esperando un poco para no encontrarla. Al pasar al lado de los arbustos oyó ruidos como de animal. Podía ser un perro jadeando o algo así. Se asomó a ver si encontraba alguna otra presa interesante para su colección. Había entre los matorrales dos fantasmas con uniforme escolar, uno de pie y la otra arrodillada frente a él. El que hacía ruido era el primero. Parecían alumnos, pero Sergio sabía qué eran en realidad. No entendió qué hacían, así que se quedó mirándolos. Sin saber por qué, la pinga se le puso dura y sintió ganas de ir al baño. El que estaba de pie lo vio y se detuvieron. Al principio parecieron asustados. Después sonrieron.

—¿Qué pasa? —dijo el que estaba de pie—. ¿Te gusta?

Sergio negó con la cabeza. La otra le dijo:

—¿Y tú? ¿De qué tamaño la tienes?

—¿La qué?

—La pinga.

Sergio recordó que se la había visto en el baño. Le preocupaba ese aspecto de su cuerpo. Los demás de su clase la tenían distinta, sin capuchón. Él la tenía como guardada en un estuche que debía recoger para orinar. Calculó su tamaño con los dedos y se lo enseñó a los fantasmas.

—No sirve —dijo la que seguía arrodillada—. Tendrías que tenerla más grande para esto.

—Ajá.

Luego siguieron con lo que hacían, pero Sergio no siguió viendo. Había sonado la campana del final del recreo.

Lucy optó finalmente por la chompa marrón y la falda larga azul. Informal pero elegante. Moderna y desenfadada. Tomó su maletín de muestras y salió hacia casa de Mari Pili, que vivía en los edificios de ladrillo construidos en la última etapa de la residencial, los más caros. Mari Pili no trabajaba porque su esposo quería que ella se ocupase de las niñas. Pero compraba mucho, eso sí.

Mari Pili sirvió té —nunca servía café— y puso galletitas danesas de mantequilla. Pero no comió. Le costaba masticar después de su lifting integral. Le habían estirado las zonas más fláccidas del cuerpo y, con esa misma grasa, le habían reconstruido los volúmenes. Llevaba dos semanas comiendo sólo alimentos blandos, durmiendo siempre boca arriba, evitando los movimientos bruscos y el secador. Temía que un ventarrón le dejase la cara como un acordeón para siempre, o que cualquier golpe le formase un cráter en la mejilla. Tampoco había podido usar maquillaje hasta ese día, pero le había llegado el momento del desquite. Lucy le sugirió unos toques rosa coral para iluminar el invierno de su rostro. Mari Pili compró un corrector Ginger, unos polvos sueltos Beach y una barra multiusos The Multiple en color South Beach para resaltar su mirada. Era lo mejor que podía hacer, considerando que le quedaba por delante un mes sin deportes y dos de evitar el sol. Después de la sesión se despidieron sin besarse. Mari Pili debía mantener la cabeza tan alta e intacta como fuese posible. Eso no le costaba mucho. Eran las 11.22.

Lucy tomó las calles interiores de la residencial en dirección a Pershing. Podía usar la avenida, que a esa hora no tenía tantos bocinazos ni tanto humo ni tanta gente ni tantos ladrones. Pero prefería ir por su camino privado. Tras años viviendo en la residencial, había diseñado un camino que la llevaba a cualquiera de las avenidas entre los pocos jardines bien cuidados que aún se encontraban entre los edificios. Era más largo, pero la hacía sentirse bien. Como si viviese en Miami o en París. Su siguiente cita era a las 12.30, pero había acostumbrado a sus clientas —salvo a Mari Pili, que quería ser londinense— a llegar por lo menos con quince minutos de retraso. De todos modos, nadie esperaba que fuese puntual. Pensó que podría comprar unos huevos para la lonchera del niño antes de volver a casa. De paso averiguaría quién la esperaba en el mercado. Le daría risa descubrirlo. Y nervios. Pensó que era una tontería. Mejor no darle cuerda al loco. Podía obsesionarse. Caminó hasta la puerta de su edificio y empezó a revolver su bolso en busca de las llaves. En ese momento, apareció la vecina coreana, que volvía de las compras. Lucy había entrado una vez a la casa de esa vecina para tratar de venderle unos cosméticos. Apestaba. Había un bebé gateando desnudo por la sala. Y en los rincones, alguien había dejado baldes llenos de nabos encurtidos cuyo olor se propagaba por toda la casa. Además, la vecina compartía los ductos de ventilación del baño con el de Lucy. A menudo había tenido que oírla haciendo el amor a gritos con su coreano. Era desagradable. Lucy había llegado a escribirle una carta con copia al presidente de la comunidad del edificio pidiéndole que se abstuviese de hacer ruidos molestos cerca del baño, pero la coreana no se había dado por enterada. Hasta trataba de ser simpática. Llamó al ascensor y se quedó en la puerta, invitándola a subir. Lucy no quería subir al ascensor con esa mujer. Recordó que necesitaba un limpiador para el piso del baño. Tendría que ir al mercado de todos modos.

El trayecto se le hizo más largo que de costumbre, como si el mercado se hubiese alejado de su casa. También se le hizo más pobre. Siempre que visitaba a Mari Pili se quedaba sensibilizada con los mendigos. Era como cuando uno regresa de New York y ve la avenida Faucett, la más fea del Perú, y trata de cerrar los ojos y pensar que sigue en New York. Lucy nunca había estado en New York. Pero igual cerraba los ojos en la avenida Faucett. Se había acostumbrado a no mirar a los mendigos, a seguir de largo, a actuar como si no estuvieran, aunque la persiguiesen durante metros con sus caras penosas y sus voces sumisas zumbándole en los oídos. No se detenían hasta lograr lo que querían. Había empezado a recorrer en bus hasta las distancias más cortas para evitarlos, pero en los buses la esperaban las súplicas de las madres solteras o las veladas amenazas de los que se declaraban ex presidiarios y pedían una ayuda para no recaer en el crimen. Para viajar a salvo, Lucy había aprendido a conducir el auto de Alfredo. Pero ni ahí podía librarse. Se acercaban a limpiar las ventanas y echaban el agua directamente sobre el parabrisas, sin preguntar para no dar tiempo a una negativa. Luego se abalanzaban sobre el vidrio con unos trapos más sucios que el mismo vidrio. O se acercaban a vender caramelos. Los peores eran los ex drogadictos del Centro Victoria, que se habían desintoxicado con la ayuda de Dios. No sabía si eran adictos o fanáticos religiosos. En Javier Prado con Pershing estaba el más temible. No tenía brazos, y recibía el dinero con sus dos muñones. Probablemente también sufría cierto retardo mental. Lucy daba grandes rodeos imposibles para no pasar por esa esquina de camino a casa.

Ya en el mercado se sintió más a resguardo. Pero ahora tenía que buscar el limpiador y, quizá, al psicópata de la nota. Dejó de encerrarse en sí misma y miró alrededor. Empezó a sentir con intensidad las cosas que la costumbre había borrado de su atención: los ojos del verdulero deslizándose en torno a su nalga, el casi imperceptible silbido del pescadero, la mirada lujuriosa del policía. Le pareció que sólo había hombres en ese mercado. Disimuló y empezó a vagar entre los puestos. En la avícola había cabezas de pollo separadas de sus cuerpos. Y más allá, el carnicero tenía cuyes despellejados y enteros, como ratas gordas con las bocas abiertas. Sintió una mirada posada en su cuello. Volteó. Tras ella había un puesto de verduras. Había melones. Los palpó para comprobar su madurez, o para fingir que tenía algo que hacer en el mercado. Sin saber por qué, le parecieron pechos de mujer. Suaves y firmes, jugosos. Los soltó avergonzada. Un hombre pasó a su lado, rozando su hombro. Volteó a verlo, pero él no se detuvo y no le vio la cara.

Miró que no le hubiese robado nada del bolso. Había sido un error llevar el bolso y el reloj. Pidió unos pepinos. Estaban duros, listos para comer. Notó que sudaba. Los dejó en su sitio y cambió de puesto. Sus manos estaban húmedas. Se acercó a una pescadería. Había un pulpo negro. Sus tentáculos parecían vivos, con las ventosas en guardia para atrapar a alguna presa. El pescadero lo cogió en ese instante y empezó a cortarlo, pedazo a pedazo, ventosa a ventosa. Le ofreció medio kilo a Lucy mientras afilaba los cuchillos raspándolos uno contra otro. Ella sintió que alguien le respiraba en la nuca, muy cerca. Se volvió rápidamente. Era una señora alta, con el pelo teñido de rojo púrpura. Lucy dejó la pescadería. Sintió que necesitaba tomar aire. Empezó a avanzar hacia la puerta, entre los nabos, las cabezas de cerdo, los plátanos. No había una puerta cerca y ella empezaba a marearse. Dobló la esquina de una carnicería que tenía corazones de vaca y riñones listos para freír. Su dueña los anunciaba a gritos mientras animaba el fuego que chisporroteaba en la parrilla. Al fondo vislumbró la luz de la salida. Le parecía que estaba muy lejos, y empezaba a sentir que no tendría fuerzas para llegar hasta ahí.

Anochecía cuando Alfredo finalmente pudo volver a casa. Había estado todo el día sentado sin hacer nada, dejando que su pulso temblase por el exceso de café y alcohol. Le dolía la garganta. Le dolía la cabeza. La botella estaba un tercio llena, igual que la cajetilla. Había apagado los cigarros en la alfombra. Había olvidado marcar tarjeta al salir. Había conducido contra el tráfico en tres avenidas y había chocado contra el parachoques de otro auto al estacionar. Ya en la calle de la casa volvió a sentir que se evaporaba en la humedad atmosférica. En el ascensor bebió el último trago, se metió a la boca un caramelo de menta y escondió la botella en su maletín con combinación. Trató de ajustarse la corbata. Se preguntó si llevaba corbata o la había dejado olvidada en la oficina. Al llegar a su piso, le costó unas fracciones de segundo encontrar la llave e introducirla en la cerradura. Quiso retroceder. Era tarde.

Adentro, la televisión gritaba a todo volumen una telenovela mexicana. Sergio jugaba con sus robots delante en la sala mientras Papapa y Mariana miraban sin ver la pantalla. La mesa estaba puesta y Lucy estaba cepillando un cojín.

—El gato se orinó en el sofá —dijo.

—Yo...

Sergio se levantó:

—¡Papá! ¡Papá! Hoy he visto dos fantasmas.

—Claro. Pero... ahora no...

—Tendríamos que operarlo —terció Lucy—. Eso es lo que se hace con los gatos. Se los castra.

El gato pareció oír eso y corrió a la cocina.

—Ya. Escucha...

—Ayuda a Papapa a sentarse a la mesa. La comida ya está.

—¡Yo lo ayudo! —chilló Sergio.

—Tú no, eres muy chiquito.

—Yo puedo... —protestó el abuelo.

—Papapa, no seas orgulloso, deja que te ayude Alfredo.

Alfredo tomó al Papapa del brazo y avanzaron así hasta la mesa. Se preguntó si se vería como él en cinco meses. Lucy dejó el cojín y entró a la cocina. Luego salió con una fuente de lentejas y otra de arroz. Las dejó en la mesa y abrazó a Mariana con una sonrisa.

—Algo muy bonito ha ocurrido hoy.

—Mamá, por favor...

—¿Qué pasa? No hay que avergonzarse de eso, Mariana. Es la naturaleza.

El abuelo tosió muy fuerte y Lucy anunció.

—¡Mariana ya es mujer!

—¿Y qué era antes? —preguntó Sergio.

—¡Mamá! —chilló Mariana.

—Qué asco —dijo Papapa.

Lucy retomó la dirección de la conversación y propuso un brindis:

—Por la nueva señorita.

—No me gustan las lentejas —dijo Sergio.

Papapa se tiró un pedo.

—Salud, cariño. Felicidades.

Pero Mariana no se veía contenta:

—¡Te detesto, mamá! —dijo. Y se fue corriendo de la mesa.

—Yo tengo algo que contar también... Hoy... fui al doctor... —intentó Alfredo.

—Cuidado que el plato quema. ¿Te dio los certificados de la abuela?

—¡No me gustan las lentejas! —Sergio llevaba un día insoportable.

—Te las vas a comer igual.

Alfredo trató de retomar:

—Pues... hablé con el doctor y dijo que...

—¡Las odio! ¡Las odio! ¡Las odio!

—Sergio, no vuelvas a gritar en la mesa, ¿OK? Y come.

—¿Tienen sal? —preguntó el abuelo—. Porque yo la sal no puedo...

—El tuyo no tiene sal —respondió Lucy, y se volvió a Alfredo—: ¿Has llevado el carro a revisar?

Sergio tiró uno de sus robots en el plato. Las lentejas salpicaron a Alfredo en la cara y en la camisa. Lucy se puso furiosa.

—¡Te vas a tu cuarto inmediatamente! ¡Inmediatamente!

—No quiero.

—El doctor piensa que...

—Yo creo que sí tiene sal... Yo, la sal no...

—¡He dicho ahora!

—¡No quiero!

Sergio se echó a llorar y empezó a patear la pared blanca chillando. Lucy lo tomó de un brazo y lo arrastró entre sus gritos hasta su cuarto. Sus alaridos y patadas contra la puerta se siguieron oyendo durante el resto de la cena, mientras Mariana se encerraba en el cuarto de Alfredo y Lucy. El resto fue silencio, que sólo rompió Papapa para decir que tampoco podía tomar azúcar y para preguntar dónde estaba la abuela. Lucy dejó caer una lágrima sobre el plato y declaró la comida terminada. En la televisión, una chica embarazada tuvo un antojo de chocolates Ferrero Rocher mientras hacía la sobremesa bajo el sol de su terraza. Su esposo fue a buscar los chocolates en un descapotable rojo y la llamó desde una finísima chocolatería a decirle que no había de ésos. Pero ella no quería ningún otro. Sólo Ferrero Rocher. Y él siguió en su descapotable buscándolos por muchos países finísimos para complacerla. Alfredo apagó el aparato.

Lucy llevó a acostar a Papapa. Había que bañarlo antes. Alfredo le habló a Sergio de lo mal que se había portado y luego jugó con él un rato a los robots y a la PlayStation y a la guerra de quién sabe qué. Sergio quería que Alfredo fuese Robo-Vil. Lo corrigió todo el tiempo porque no sabía hablar como el dibujo animado. Alfredo trató con varias voces, pero ninguna funcionó. Sergio terminó por cansarse y Alfredo lo llevó a su cama cargado. Lo acostó y lo arropó. En la otra cama, Mariana se lo quedó viendo.

—¿Ése va a dormir aquí?

Sergio le sacó la lengua.

—Ése duerme siempre aquí —dijo papá—. Ahora, sé una buena hermana y cuéntale un cuento. Anda.

Mariana puso cara de asco. Alfredo le acarició la cabeza unos segundos. Su pequeña ya era grande. No dijo nada para no molestarla. Al salir tropezó con uno de los juguetes de Sergio.

—¡Mierda! —susurró.

—No digas malas palabras —dijo Sergio.

Antes de irse miró a sus dos hijos desde el umbral. La lámpara estaba apagada pero por la ventana se colaba bastante luz de la calle. Ya se iba cuando oyó a Mariana:

—Quiero un cuarto para mí sola.

—Claro. Yo también —respondió él.

Cerró la puerta y se quedó con la nuca apoyada en el marco, escuchando a los niños adentro.

—Cuéntame un cuento —dijo Sergio.

—Vete a la mierda —dijo Mariana.

—Voy a llamar a mi papá entonces.

—Está bien. Déjame pensar. Ya sé. Acércate. Te voy a contar la historia del señor Braun. ¿Recuerdas al señor Braun?

—¿Qué señor Braun?

—El vecino que paseaba a sus perros.

—¿El rubio?

—Sí.

—Sólo tenía un perro.

—Tenía muchos. Sólo que paseaba a uno cada vez. Todos eran iguales. Y todos sanguinarios.

—No me gusta ese cuento.

—El caso es que Braun era un conchadesumadre que le silbaba a las niñas por la calle.

—¿Por qué les silbaba?

—Porque era un conchadesumadre. También trataba mal a su esposa y a su hija. Tan mal, que un día les soltó a los perros y las asesinaron a mordiscos.

—¡No me gusta ese cuento!

Afuera, papá gritó:

—¡Mariana!

—Está bien, está bien —dijo Mariana—. Le contaré la Caperucita.

Luego bajó la voz hasta un susurro, observó a Sergio con una mirada extraña y le dijo:

—Y después, cuando trató de detenerlos, lo mataron a él.

—Eso es mentira.

—No. ¿No has notado que ya no se le ve paseando a los perros? Es porque está muerto. Y a los perros se los llevaron a la perrera y los sacrificaron. Pero aún se les oye por las noches: aaauuu, auuuu...

Sergio sintió un escalofrío y se escondió entre sus sábanas. Alfredo, mientras tanto, fue al baño de su cuarto a quitarse de encima las lentejas. Cuando salió, Lucy estaba desnuda en medio de la habitación buscando un pijama. Observó su cuerpo. A pesar de algunas estrías y un principio controlado de celulitis, Lucy tenía un cuerpo firme y atractivo. No tenía nada demasiado grande pero se la podía considerar guapa y bien proporcionada. Alfredo se sentó en la cama y empezó a desnudarse de espaldas a ella. Siempre lo hacía así, mientras ella encendía el televisor de la habitación para ver las noticias. Él terminó de cambiarse y se acostó. Ahora estaban los dos en paralelo, con las piernas estiradas en dirección al televisor.

Alfredo pensó que podrían hacer el amor o abrazarse, pero constató una vez más que no sentía ningún impulso físico hacia ella. Llevaba un tiempo así. Podía verla hermosa y amarla, pero tocarla era otra cuestión. Acercó su mano a la suya, que había quedado al medio de la cama, recostada y sola. Ella sonrió. En la televisión, una mujer lamentaba tristemente que su blusa se hubiera manchado de chocolate. Se veía muy deprimida, pero luego aparecieron unos puntitos blancos persiguiendo a unos puntitos marrones y ella se mostró feliz. Su blusa brillaba como su sonrisa. Ojalá la vida fuese así, ojalá hubiese un detergente para las manchas de humedad de la tristeza.

—Tenemos que castrar a ese gato —dijo Lucy.

Alfredo pensó en sus hijos. No le dolería tanto la muerte si no estuviesen ellos. Quizá a los hombres también deberían castrarlos.

—Pobre gato. Nunca sabrá lo que se va a perder —dijo.

—No tiene nada que perder. Ni siquiera tiene nombre. «Gato» no es un nombre para gatos.

—Claro. Pero igual creo qu...

—¿Tú vas a limpiar lo que ensucie y a reponer lo que rompa?

No. No iba a hacerlo. Quiso besarle la mano a Lucy, pero ella se volteó dándole la espalda. Era la señal de que se desconectaba de la realidad. Él apagó la lámpara de mesa y dejó el televisor encendido. Siempre se iba quedando dormido así, con el parpadeo de la pantalla. Cerraba los ojos y oía las noticias de un modo cada vez más intermitente. Cuando estaba a punto de caer profundamente dormido, escuchó:

—El vendedor de lubricantes industriales Alfredo Ramos falleció hoy por causas naturales. A su poco concurrido sepelio asistieron su esposa e hijos, quienes heredan de él una cuantiosa deuda monetaria y una botella de whiskey...

Abrió los ojos de repente y se incorporó en la cama. Frente a él, la pantalla era una lluvia gris. La programación había terminado hacía tres o cuatro horas. Tragó saliva, apagó el aparato y se volvió a acostar. Rodeó con el brazo a Lucy, que estaba de espaldas. Por la tubería del baño, los gemidos de los vecinos coreanos se empezaron a filtrar una vez más. Ella no se movió, aunque también estaba despierta. Tenía muchas cosas que contarle a su esposo, pero no sabía exactamente cuáles.

A medianoche, Mariana se levantó de la cama, buscó el maletín de cosméticos de Lucy, lo abrió y lo revolvió un rato antes de encontrar lo que buscaba: esmalte de uñas negro. Era caro. Se lo metió al bolsillo, se aseguró de que todo el mundo estuviese dormido y salió de la casa. Cruzó la residencial sigilosamente más o menos por el camino de su madre, hasta la zona de la última etapa, donde los edificios son más bajos y están recubiertos de ladrillo. Se detuvo en el jardín de los Parodi y buscó una piedra pequeña. Apuntó lo mejor que pudo y la tiró contra una ventana del segundo piso. Dijo:

—¡Psssst!

Nadie salió. Mariana buscó otra piedra y la tiró. Empezaba a impacientarse cuando se asomó Jasmín.

—¿No sabes tocar el timbre?

—Llama a tu hermana.

—Que si no sabes tocar el timbre.

—Que llames a tu hermana.

—¡Mamáááá! Ha venido Mariana.

Mariana calculó si, desde donde estaba, podía acertarle a la cara con una piedra. Mari Pili apareció bostezando con una mascarilla azul cubriéndole la cara y un gorro de plástico en la cabeza. Parecía una marioneta.

—¿No sabes usar el timbre? —dijo.

—Perdona, tía Mari Pili. Es que... Katy tiene un cuaderno mío y lo necesito para mañana.

—¿Y tu mamá sabe que has venido?

—Sí... no... por favor, no se lo digas. Me va a matar.

Mari Pili había leído en una revista de la peluquería que lo mejor es hacerse cómplice de las amigas de los hijos para saber siempre a tiempo si están drogándose o algo peor. La dejó subir. A Juan Luis no le habría gustado la idea, pero Juan Luis ya estaba durmiendo. Juan Luis siempre estaba durmiendo. Le abrió la puerta y le advirtió que fuera rápida. Mariana se lo agradeció emocionada. Se cruzó con Jasmín y la pisó. Jasmín chilló un poco, pero se lo esperaba. Mariana llegó al cuarto de Katy y encendió la luz. Katy no dormía con Jasmín, tenía un cuarto para ella sola. Estaba cubierta apenas por una sábana casi transparente y un polo largo que no alcanzaba a cubrir el calzón. Mariana le tocó la mejilla. Estaba cálida. Bajó la mano por el cuello hasta el hombro y le dio un par de leves empujones. Katy abrió los ojos.

—¿Qué haces aquí?

—Te traje un regalo.

Le mostró el esmalte. A Katy le brillaron los ojos.

—¿Cómo lo has conseguido?

—Lo conseguí para ti.

—¡Gracias!

La abrazó. Mariana sintió sus pechos de mujer apretándose contra su pecho de niño.

—Dame un cuaderno —dijo.

—¿Qué?

—Dame un cuaderno cualquiera. Te lo devuelvo mañana en el colegio.

Mari Pili tocó la puerta y entró.

—¿Ya, Mariana? Es tarde.

Mariana mostró el cuaderno, le sonrió con complicidad a Katy y se fue. Pensó en ella todo el camino de vuelta a su casa. Olió las páginas del cuaderno, por si guardaban algo del aroma de su dueña. Subió a su departamento con el corazón saltándole del pecho. En el ascensor se dio cuenta de que Katy le había dado su diario o su agenda, un cuaderno personal. Quiso leerlo entero esa misma noche. Entró sigilosamente y corrió al baño para verlo con calma. Al abrir la puerta encontró a Papapa sentado en el water, con los pantalones en los tobillos. Se asustó.

—¿Tienes un cigarro? —preguntó él.

—N... no.

—Ah.

Cerró la puerta, se metió a su cuarto y se acostó abrazada al cuaderno. El golpeteo de su corazón no la dejaba dormir.

Papapa espera el sueño sentado en el water. Es lo único que puede hacer cuando no consigue dormir. Necesita un cigarrillo.

Hace unos ocho años se le presentó la última oportunidad de tener una amante. Se llamaba Doris. La conoció en la tienda. La ayudó a abrir el congelador de los helados. Ella se lo agradeció y le invitó uno. Él ya tenía problemas con el azúcar, pero aceptó. Conversaron. Recordaron juntos los viejos helados D'Onofrio. Se rieron.

Siguieron encontrándose de vez en cuando en la residencial. Siempre se sonreían y a menudo se quedaban hablando. Por entonces, Papapa no necesitaba una enfermera. Y aún había gente que no lo llamaba Papapa. Sus encuentros eran casuales y breves, pero Papapa tenía la sensación de que se iban volviendo más intensos. Ciertas señales se lo indicaban: ella comenzaba a tutearlo, sonreía sin razón, empezaba a coincidir con él en las compras. Un día, ella le preguntó si podía ayudarla a desatorar un fregadero. Él no sabía nada de tuberías pero dijo que sí. Doris ofreció café con bizcocho en agradecimiento por la ayuda. Quedaron para el día siguiente. Vivía sola.

Al volver a casa, él le anunció a la abuela que al día siguiente iría a jugar dominó por la tarde. Luego se encerró en el baño y se miró en el espejo. La posibilidad de tener una amante lo había cogido por sorpresa, cuando ya no la esperaba. Su barriga se desparramaba tristemente fuera de su sitio, le faltaban dos dientes y tenía el pelo muy blanco y ralo. Además, no había hecho el amor de verdad en años. Se miró el pene. Le parecía encogido y repantigado, casi parecía más una vagina. Lo sacudió un poco, pero el miembro no dio ninguna señal de despertar.

Por la noche, trató de acercarse a la abuela. Dormían en camas separadas, con unos diez centímetros entre una y otra. Desde su cama, no llegaba a tocar a la abuela sin caerse. Trató de acariciarle la cabeza, pero se le agarrotó el músculo del antebrazo. Ella ni siquiera lo notó. Él decidió levantarse y acostarse en la cama de al lado. Se puso de pie. Ella le preguntó:

—¿Vas a buscar agua?

Él no esperaba esa pregunta.

—... Sí.

—Tráeme un vaso a mí también.

Papapa salió y volvió con los dos vasos de agua. Le extendió uno a la abuela y se sentó en el borde de su cama. Ella trató de levantarse un poco para beber. Él la ayudó.

—¿Qué te pasa? —preguntó ella.

—Nada, ¿por qué?

—Estás amable —gruñó ella.

—Te quiero.

Ella terminó su vaso de agua, lo dejó en la mesa, le pasó la mano por la cabeza y se acostó de espaldas a él. Él le acarició la espalda. Ella exhaló un murmullo de fastidio y se envolvió en las sábanas. Él le susurró al oído. Le dijo cosas bonitas que a él mismo le sorprendió oír saliendo de su boca. Levantó las sábanas y metió primero las piernas, luego el resto del cuerpo, con cuidado de no hacer ningún movimiento demasiado brusco, por su columna. Se acostó en paralelo a ella y le besó el cuello, desde la base hasta el hombro, levantando el camisón con suavidad. Trató de hacerla voltear. Luego oyó sus ronquidos.

Con mucho esfuerzo abandonó la cama invadida y se metió en el baño. Se bajó el pantalón y se sentó en el water. Trató de pensar en mujeres desnudas. Se imaginó a Doris quitándose una ropa interior de encaje negro. Se imaginó a las señoras del parque acostadas con las piernas abiertas, y a la vendedora de jamones del mercado acariciándose el vientre. Abrió los ojos, pero su pene estaba exactamente igual de fláccido que antes. Ensayó a bajar la edad de sus fantasías. Imaginó rubias de pechos descomunales bailando y sobándose con la arena de una playa tropical. Recordó viejos amores, su primera experiencia, una joven que se acostó con él durante un viaje a Chile, las prostitutas que se levantaba cuando era estudiante. Se quedó un buen rato sumando esas imágenes en su mente para ver si impulsaban la sangre. Pero su cuerpo no reaccionó. Acabó quedándose dormido en el baño. Se sentía muy cansado.

Al día siguiente, salió de compras temprano, volvió y se encerró en el baño mucho antes de la hora de la cita con su camisa de seda color melón y sus zapatos blancos. Había comprado unas vendas muy gruesas. Las envolvió en torno a su barriga tratando de hacer una faja para disimularla. Le costó mucho trabajo enrollarse. Cuando terminó, casi no tenía aire. Pero se dio cuenta de que, si llegaba a ser necesario quitarse la ropa, sería más vergonzoso llevar una faja. Se la quitó. Pensó en sus dientes. Ya no podía reemplazar los que faltaban pero sí podía limpiar los que quedaban. Tenía un blanqueador. Se lavó los dientes con él durante media hora. Al final del proceso, los vio un poco mejor. No mucho. Finalmente, pensó en el pelo. Había comprado un tinte pero no sabía cómo usarlo. Primero trató de echar un poco directamente sobre su cabeza. El líquido se derramó hasta su camisa, y luego manchó el suelo. La abuela no debía ver eso. Trató de limpiarlo con papel higiénico, pero casualmente le dio un codazo al tarro y desparramó el tinte por toda la bañera. Llenó la bañera para limpiarla y la abuela comenzó a tocar la puerta. Era hora de almorzar. Dijo que ya iba y trató de arreglar los destrozos. Luego tomó lo poco que quedaba del tinte y se lo pasó por el cuero cabelludo como si fuese un champú. Se rascó bien toda la cabeza y se peinó. Se miró en el espejo. Estaba bien. Había rejuvenecido. Sonrió y fue a la mesa.

Al principio, todo iba bien. La abuela sirvió un menestrón y le preguntó si había tenido retortijones la noche anterior. Lo había sentido moverse mucho. Él negó y cambió de tema.

—El baño está hecho una porquería —dijo—. Creo que se ha caído tu tinte de pelo.

—¿«Se» ha caído? ¿Él solo?

—¿Y yo qué sé? Está todo muy sucio.

A la mitad del almuerzo, ella empezó a reírse. Primero bajito, disimuladamente, como se reía ella, más con la nariz que con la boca. Después a carcajadas. Él pensó que ella habría recordado alguna broma, pero después entendió que se estaba riendo de él. Pensó que quizá había notado el nuevo color rejuvenecido de su pelo. Se avergonzó y miró al plato. Dos gotas negras flotaban entre los pedazos de carne. Y otra gota acababa de caer de su cuello. Corrió al espejo de la sala. Las gotas se deslizaban por su frente, por su cuello, por sus mejillas. Atrás de él, la abuela se caía a pedazos de la risa.

Por la tarde, cuando Doris abrió la puerta de su casa para recibir a Papapa, lo encontró con el pelo como un mapamundi con manchas negras, que representaban los continentes, y blancas, que representaban los océanos. Sus dientes eran blancos pero con el blanco de la pintura de pared, no de limpieza. Y, aunque ese día hacía más de treinta grados, llevaba un abrigo negro que le llegaba casi hasta los pies. Había llevado unos bombones de chocolate.

Ella agradeció los bombones, recibió su abrigo y le preguntó si prefería tomar un café antes de ver el fregadero. Él se mostró virilmente ansioso de trabajar. Fueron a la cocina, que estaba pintada de amarillo con azulejos rosados. A él le pareció muy femenino. Pidió un destornillador, un alicate y un trapo. Mientras Doris buscaba las herramientas, se recostó bajo el fregadero cuidando de no magullarse la espalda. Entendió que no debía haber llevado la camisa melón. Su atuendo no era el de un gasfitero sino el de un viejo verde. Un viejo verdemelón. En la tubería de salida del fregadero había un cierre metálico atornillado a los lados. Retiró los tornillos y quitó el cierre para buscar el atolladero. Al hacerlo, le cayó encima un chorro de agua con pedazos de verduras y un líquido parecido al aceite. Supuso que eso era lo atorado y trató de limpiar un poco. Pidió un gancho de pelo para retirar los restos sólidos. Rascó un poco aquí y allá. Lo estaba haciendo bien. Terminó de quitar lo que encontró y cerró de nuevo. Le tomó quince minutos encontrar las tuercas, que había dejado debajo del mueble. Cuando terminó, se sintió como un actor de cine.

Doris se lo agradeció y hasta lo abrazó. Sirvió café y fueron al salón. Se sentaron juntos en el sofá. Él contó que siempre había hecho esas cosas en casa. Ella confesó que desde su viudez sentía que le faltaba un brazo. Vivía de la cómoda pensión de un militar que había participado en cuatro golpes de Estado y dos guerras para acabar muriendo en la bañera, cuando resbaló con el jabón. Doris dijo que no merecía esa muerte. Papapa recordó toda su noche y su día pasados en el baño. Había corrido un gran riesgo, por lo visto. Doris vio la mancha en la camisa melón y fue a traer un trapo para limpiarla. Papapa no quiso que se molestase, pero ella insistió. Empezó a limpiarla con agua y sal. Papapa sentía el tacto de su mano en el hombro como si fuera una caricia. Quizá lo era.

—Te vas a tener que quitar la camisa.

—Pero ¿aquí?

—A mi edad, no veré nada nuevo. Voy a tener que dejarla media hora en remojo. Luego la metemos a la secadora.

Papapa se volteó y se empezó a quitar la camisa de espaldas. Ella sonreía. Recibió la prenda y la llevó a la cocina. Papapa se quedó en la sala con el café, los bombones y el torso desnudo. Por la rendija de la puerta, podía verla preparando la batea y cortando los pedazos de jabón Bolívar para el remojo. En un momento, se agachó a sacar algo de un cajón y su trasero se inflamó bajo la falda. Él pensó que lo hacía a propósito. Tomó conciencia de que hacía treinta años que no hacía el amor con nadie que no fuera la abuela. Se preguntó si sabría hacerlo. Se acercó. Empujó levemente la puerta batiente. Ella lo vio entrar y sonrió. Papapa trataba de esconder la barriga tanto como fuese posible. Casi no podía respirar. Sonrió. Se adelantó unos pasos hacia ella, que ya tenía todo listo. Se colocó justo a su espalda. Trató de respirar junto a su oído, de oler su pelo.

—¿Necesitas ayuda? —susurró.

—Ya está todo —dijo ella.

Se dio vuelta y lo miró a los ojos. Él apoyó su mano sobre la mesa de la cocina. Volvió a preguntarse si hacía lo correcto. Recordó a la abuela roncando a su lado. Doris dijo que ahora sólo les quedaba esperar. Y se quedó ahí, de pie, con su rostro muy cerca del de Papapa. Repentinamente, sonó una especie de eructo en la cocina. Papapa había tomado sus medicamentos para los gases, pero se preocupó de todos modos. Doris se dio vuelta. El sonido venía del fregadero atorado. Abrió la puerta inferior del mueble. La tubería reparada estaba soltando un chorro furioso hacia ambos lados. Cerraron el grifo, pero el chorro de la fuga no se detuvo. La cocina podría quedar inundada en un par de horas. Doris corrió al teléfono a llamar a un gasfitero. Papapa se quedó viendo el chorro. Luego se acostó con el torso desnudo bajo el fregadero a tratar de cerrar la fuga. Se quedó ahí, resfriándose, hasta la llegada del gasfitero. Aun después siguió pensando que quizá todavía podría arreglarlo.

Esta noche ha recordado eso. Pero ahora sólo espera que llegue el sueño y comprende con preocupación que necesita un cigarrillo.

Por la noche, cuando todo está en silencio, el olor se hace más penetrante. El gato busca su origen. Sospecha que quizá venga de esos nuevos monstruos de mármol que Lucy ha comprado. Siempre parecen estar quietos, inmóviles, pero él sabe que son malos en realidad. Trepa a una silla para acecharlos más de cerca. Parece que lo han visto. Se esconde y deja pasar el tiempo para que se distraigan. Es un cazador.

Después de un rato, trepa a la mesa de al lado. Ahora puede verlos sin que ellos lo vean a él. Los monstruos no se mueven, pero él sabe que es sólo para despistar. Pasa entre los adornos de la casa dibujando figuras con la columna, sin tocarlos, la vista fija en su presa. Luego concentra toda su fuerza en las patas traseras. Calcula el impulso necesario para llegar de un salto. Y brinca.

Los monstruos de mármol hacen un estruendo al caer. Chocan contra el suelo y se parten en pedazos. Ha vencido. Pero las luces se encienden. Se oyen gritos. El gato sabe una vez más que tiene que correr a esconderse bajo algún mueble. Realmente, el olor le hace hacer cosas odiosas.

A la salida del colegio, Lucy apareció con el gato metido en una jaula. Lo iba a llevar al veterinario. El animal no paraba de chillar y maullar de miedo y ganas de salir, como si supiera lo que iba a ocurrir. A veces arañaba los lados de la caja y sus uñas aparecían entre las rejas de la puerta como garfios.

—Yo voy caminando a la casa, con Katy —dijo Mariana. A su lado, Katy asintió.

—No quiero ir con ustedes —protestó Jasmín—. Me van a dejar atrás.

—Ven conmigo en el carro —ofreció Lucy.

—¡No! —chilló Sergio—. ¡Mamá, ella no!

—Sergio, no seas malcriado con Jasmín. Súbanse atrás y vámonos.

—¡No quiero!

Jasmín bajó la cabeza, frunció los labios y dejó caer una lágrima. Parecía estar sola en la inmensidad del colegio. Lucy se enojó con su hijo.

—¡Mira lo que has hecho! Pídele perdón a Jasmín y dale un beso.

—¡Mamá!

—¿Has escuchado lo que te he dicho o quieres ir a la casa caminando?

Quería ir caminando. Dirigió una mirada suplicante a su hermana, pero Mariana le devolvió una mirada de amenaza. No tenía más remedio. Sufriendo, acercó los labios a la mejilla de Jasmín. La niña volteó la cara para recibir el beso en la boca. Durante todo el camino, Sergio no dejó de limpiarse con la mano. Jasmín, riendo, insistió en acompañarlos al veterinario.

Pasaron un rato en la sala de espera, mamá llenando unos papeles y Jasmín abrazada a Sergio. Al abrir el bolso para guardar un lapicero, mamá encontró un papel pequeñito, doblado en cuatro partes. Se quedó mirándolo sin abrirlo. Su cara se puso de un color muy raro. Sergio se preguntó si ella no sería también un fantasma. Pero en ese momento, el doctor los llamó y los hizo pasar a un cuarto con una camilla forrada de papel. A su lado, había una enfermera bajita y regordeta con una máscara verde. El doctor llevaba guantes delgados pero resistentes, a prueba de arañazos. Les dijo que esperasen afuera pero que podían ver la operación desde la ventana. Mamá preguntó si los chicos podían quedarse con la enfermera y anunció que aprovecharía para subir a la casa a pintarse un poco. Bajaría en diez minutos.

—Pórtate bien con Jasmín —dijo.

Jasmín tomó del brazo a Sergio. Sergio quería vomitar.

El doctor sacó al gato de la caja entre chillidos y lo acostó en la mesa. Lo tranquilizó un poco hablándole en voz baja y sacó una jeringa de un atril. Sergio observó la aguja enterrándose en la piel y luego en la carne del gato.

Cerca de la mesa había un atril con tijeras, cuchillos y anillos de plástico. La enfermera les explicó que los anillos eran para cortar la circulación de los testículos. Sergio pensó en sus propios testículos y en su capuchón. El gato también tenía un capuchón pero más grande. Su pinga no se dejaba ver normalmente, a menos que se estuviese lamiendo las ingles. Sergio se preguntaba por qué él no podía lamerse las ingles. O los pies. El gato sí podía. En cambio, su pinga era mucho más chiquita que la de Sergio y le faltaba mucho más tiempo para hacer lo que hacían los fantasmas en el colegio. Sobre el papel de la mesa, se extendió una mancha de sangre.

—¿Por qué hacen eso? —preguntó Jasmín.

—Porque se está portando mal.

—¿O sea que si tú te portas mal te harán lo mismo?

—Qué idiota eres. Eso sólo se lo hacen a los gatos.

—¿Y no se mueren?

—No. Mi mamá dice que sólo engordan.

—Yo conozco a un muerto.

—Mentira. Ya te dije que no te creo.

—De verdad. Vive al costado de mi casa. Si quieres podemos visitarlo un día.

—¿En serio? Le voy a pedir permiso a mi mamá.

—No te va a dejar. Tiene que ser un secreto.

—No puede ser. Los muertos son conocidos. Salen en los periódicos.

—Éste no. Es un muerto muy calladito.

En ese momento, el gato saltó de la mesa. Tenía la jeringa clavada en la espalda, con todo su contenido aún en el tubo, balanceándose mientras él corría a un rincón, donde se atrincheró mostrando los dientes con todo el lomo erizado. La sangre de la mesa había goteado desde el lomo y continuaba cayéndole por los lados. El doctor se acercó a calmarlo, pero el gato le saltó a la cara y corrió a otro rincón. En el camino tiró el atril de los instrumentos. Se asustó todavía más y empezó a hacer ruidos con las mandíbulas, como ráfagas de una ametralladora afónica. Nadie logró calmarlo, ni la enfermera ni Sergio. Si alguien se acercaba, saltaba a otro lado dejando un rastro de arañazos y mordidas. Logró escapar de la habitación y corrió a la sala de espera, donde los otros gatos se pusieron nerviosos y los perros empezaron a perseguirlo tumbando las jaulas de los pajaritos y a las señoras que las llevaban. Uno de los perros trató de comerse al mico de un señor de la selva, y entonces los demás empezaron a pelear con él. Cuando el griterío y los aullidos se volvieron insoportables, Jasmín dijo:

—Creo que tu gato no quiere portarse bien.

Sergio pensó en los perros del señor Braun, aullando y chorreando sangre de las mandíbulas.

Estabas deliciosa en la pescadería.
Ahora quiero ver más.
Clínica San Felipe. 3.45 p.m.

Lucy se quedó viendo la nota más tiempo que la primera vez que la recibió. Era la misma letra, tinta y papel de la nota anterior, aunque parecía más apresurada, como si el autor la hubiese improvisado. Trató de pensar por un momento en las personas que habían estado cerca de su bolso, pero comprendió que, entre la calle y el mercado, podía haber sido dejada ahí por miles de desconocidos. No se turbó tanto esta vez. Al contrario, lo encontró divertido por unos segundos. Luego se sonrojó y trató de alejar la nota de su mente.

Llevó a los chicos a la casa y se encerró en el baño. Tomó el corrector Ginger para disimular las ojeras, intensificadas por la mala noche. Alguien la miraba, eso estaba claro. Alguien con una enfermedad mental, quizá. Pero la miraba. Llevaba un buen tiempo sin sentirse mirada de verdad. No es lo mismo una mirada al paso que una mirada penetrante, deliberada, una mirada que no busca respuesta, que se solaza en su propio objeto mirado sin esperar nada a cambio. Una mirada gratuita. Se aplicó el brillo de rostro Seychelles. Quería un look adecuado para un día de trabajo, como siempre, pero también quería verse sofisticada. Comprendió que durante años se había estado maquillando para verse agradable, no para brillar. Se había pintado para disimular sus defectos, no para realzar sus cualidades. Con una pequeña brocha de ojos se extendió por el párpado móvil la sombra marrón Marianbad. La morada la aplicó bajo las cejas, difuminando bien las dos. Le pareció que había estado pintándose para las miradas agresivas del mercado, para los silbidos de los hombres ante los que prefería pasar desapercibida. Para ella, el maquillaje había sido un modo de volverse transparente. Mientras preparaba una capa ligera de la máscara negra Black Orchid para las pestañas, volvió a sentir el olor a humedad. Decidió olvidarlo. Pensó que ese día saldría a la calle a refulgir.

Salió de casa calculando el tiempo que le quedaba para volver al veterinario. Calculó que la operación tardaría una hora. A las 3.25 emprendió su camino privado hacia la clínica. Llegó adelantada a las 3.36. Para no parecer demasiado ansiosa, dio la vuelta a la manzana. Ya iba a terminar la vuelta cuando vio que aún eran las 3.41. Entonces dio marcha atrás antes de doblar la última esquina y emprendió la vuelta a la manzana en sentido inverso. Acabó llegando a la puerta de la clínica a las 3.46, un minuto tarde. Es mejor hacerse esperar.

Extraño lugar para una cita, una clínica. A lo mejor el autor de las notas era un médico. Trató de pensar en los médicos que la habían atendido en esa clínica, pero sólo podía recordar al enano calvo que le había tratado un furúnculo hacía dos años. Un tipo soso como una sopa aguada. Durante la consulta, Lucy trató de relajar la atmósfera con un par de bromas educadas, pero el doctor ni siquiera las entendió. Le extendió una receta con un gesto que parecía un bostezo y la despidió sin una sonrisa. Esperaba que no fuese ese doctor el autor de sus notas. Revisó la lista de consultorios y doctores en el primer piso. No recordaba a ninguno. Esperó un rato en el salón hasta que la recepcionista le preguntó a quién buscaba. No supo qué responder. Le entró risa, soltó una carcajada mientras la recepcionista la miraba sin entender. Por decir algo, preguntó por la cafetería. Estaba al lado, era evidente desde antes de entrar. Lucy agradeció la información y salió del recibidor. Subió en el primer ascensor que encontró abierto. Había ocho personas más ahí adentro. Las contó y trató de recordar sus caras. No pareció que ninguna de esas personas la mirase a ella especialmente. Bajó en el sexto piso. Pediatría y medicina general. Y entonces sintió la mirada, como un estilete en su espalda.

Volteó justo a tiempo de ver la puerta del ascensor cerrándose. Pero la sensación de ser observada persistió. Avanzó por el pasillo, entre niños enyesados y padres de familia con cara de duelo. Empezó a acelerar la búsqueda. Se sentía cerca. A su espalda se cerró una puerta. Supo que la mirada venía de ahí. No podía contenerse. Avanzó hacia la puerta. Una enfermera trató de cortarle el paso al ver adónde se dirigía, pero era tarde. Lucy tomaba ya la perilla de la puerta, le daba vuelta y entraba.

Adentro, una niña desnuda chilló del susto. Estaba con el doctor y con su madre, que se quedaron mirando a

Lucy sorprendidos. Lucy se disculpó y abandonó el consultorio. Volvió a tomar el pasillo mientras los gritos de la enfermera se apagaban a su espalda. Aún sentía sobre ella la mirada. Encontró un baño y se encerró en él. Se lavó la cara, corrigió su maquillaje y se sentó en un water. Cerró la puerta. Sintió ganas de tocarse. Se llevó una mano al pecho y metió el dedo por la abertura de la blusa hasta el sostén, pero luego se contuvo. Se preguntó qué estaba haciendo. Se avergonzó. Luego imaginó que no era su dedo, que era el dedo de otra persona. Y la idea le dio mucho calor. Volvió a introducir el dedo en busca de la areola del pezón y se abrió la blusa. Luego desabrochó el sostén. Sintió que su pecho se liberaba. Se lo acarició. Le parecía más hermoso que dos días antes, más hermoso que nunca. Súbitamente, alguien entró en el baño y ella se detuvo.

Se cerró la ropa, salió de la clínica y volvió al veterinario. Encontró un zafarrancho de combate. Habían logrado quitarle la jeringa de la espalda, pero nadie podía cazarlo. Tras muchos esfuerzos logró meterlo en su caja, pero entonces el doctor ya no quería ver a ese gato nunca más. Lucy no estaba realmente preocupada por ese tema.

Por la noche, cuando Alfredo volvió del trabajo, Lucy calentó una pizza. Los hizo comer tan rápido como fue posible y lavó los platos en cinco minutos. No había postre. Mariana llamó para decir que se quedaba a dormir en casa de Katy. Mari Pili dijo que no había problema y los invitó a cenar al día siguiente. Lucy acostó a Sergio una hora antes de lo normal y dejó a Papapa con el televisor de la sala. Entró a su cuarto y observó a Alfredo mientras salía del baño, como de costumbre, ya con ropa de dormir. Se había puesto un pijama a rayas que parecía de preso. Lucy odiaba ese pijama. Se quitó la ropa frente a él.

—¿Te gusta el calzón que me he puesto hoy?

Alfredo sonrió. Era un calzón negro con encajes. Quizá se lo había regalado él.

—Sí —se limitó a decir.

Y se acostó de espaldas a ella. Lucy caminó hasta el otro lado de la cama para terminar de desnudarse y se puso un camisón holgado mientras le sonreía a su esposo. Él le devolvió la sonrisa y cerró los ojos. Se acurrucó. Ella se acostó abrazándolo por la espalda y llevó la mano a su entrepierna. Él dejó escapar una risita y se volteó. La besó, tratando de que fuera suficiente con eso. Pero ella lo besó más, en el cuello, en la nuca, abrió la camisa del pijama y buscó sus tetillas con la lengua. Él trató de zafársela de encima con suavidad, pero no pudo evitar que ella bajase hasta su barriga, y luego hacia su vientre.

—He tenido un día difícil, Lucy.

—Por eso... por eso...

No lo oyó muy convencido hasta que empezó a acariciarlo con los labios y la lengua. Entonces sintió cómo se endurecía su voluntad y se incrementaban sus suaves jadeos. Él la tomó por la cabeza y empezó a marcar el ritmo que deseaba, primero lentamente, después más rápido. Y ella recordó la sensación que le había recorrido la espalda en el hospital. Se detuvo.

—¿Qué pasa? —preguntó Alfredo.

—Espera.

Se levantó, se acercó a la ventana y abrió la cortina de par en par.

—¿No vas a apagar la luz?

—¿Te molesta así? Para variar.

—Claro.

Luego ella volvió a la cama y se enterró bajo las sábanas. Alfredo ya mostraba interés. Ella se preguntó si habría alguien mirándolos. Le gustó imaginar que sí.

Alfredo empezó a entusiasmarse sólo después del inicio de las acciones de Lucy. La hizo trepar hasta arrodillarse sobre su regazo y buscó con el pene el agujero correspondiente. No lo encontró al principio, pero siguió intentándolo hasta que ella lo dirigió con la mano. Empezó a moverse muy rápido primero, como exageradamente excitado. Ella tuvo que detenerlo y marcar un ritmo más pausado. Una vez acoplados, Alfredo empezó a buscar en su archivo mental recuerdos de mujeres para imaginar que hacía el amor con otra. Tenía varias mujeres registradas en la cabeza. Algunas ex novias, un par de viejas amigas, varias protagonistas de películas pornográficas —algunas casi prehistóricas— y a menudo dependientas de tiendas, compañeras de trabajo o mujeres con las que se había cruzado sólo durante un segundo por la calle pero que se le habían quedado grabadas por algún atractivo. Por lo general, las cruzaba. Era capaz de hacer el amor con los pechos de una, el culo de otra y la boca de una tercera, concentrándose en cada momento en la parte del cuerpo que su imaginación elegía. Hasta los gemidos de Lucy podían aparecer ante sus sentidos distorsionados por el deseo disidente. El único problema es que sus fantasías duraban menos que los coitos de Lucy. Llegaba un momento en que Alfredo sentía que era hora de terminar pero veía a su mujer aún en calentamiento. A partir de entonces, trataba de pensar en cosas inocuas como obligaciones laborales y la hipoteca para no acabar demasiado rápido. Sólo recuperaba la concentración cuando veía que ella estaba a punto de llegar al orgasmo. Entonces se ponía al día y llegaba al final con ella. Tras todo el ritual, le acariciaba el pelo mientras ella se dormía. Era una vieja costumbre que mantenía desde cuando empezó el matrimonio. Lo hacía automáticamente. Y si alguna vez llegaba a olvidarlo, ella se lo recordaba llevándole la mano hasta su frente. Normalmente lo abrazaba, pero esta vez no lo hizo. Sin saber por qué, Alfredo sintió que los dos habían hecho el amor a miles de kilómetros de distancia.

Y eso que, en un principio, él no tenía ningún interés. De hecho, estaba deprimido con ese tema. Por la mañana se había sorprendido a sí mismo masturbándose en el baño de la oficina, mientras los demás empleados tocaban la puerta y el encargado de la limpieza pedía entrar para recoger la basura. Luego, demasiado tarde, había descubierto que el baño no tenía papel higiénico. Había tenido que limpiar todo lo posible con la mano y luego secar los restos con la toalla, con la que juró no volver a secarse la cara jamás. Pero lo más doloroso era que, mientras hacía todo eso, estaba pensando en Gloria.

Al volver del baño, decidió contarle directamente a su secretaria todo lo del doctor y su pronóstico. Necesitaba hablar con alguien. La llamó tres veces. Cada una de las veces, ella entró a su oficina, se sentó y lo miró a los ojos con su agenda en la mano. Sus tetas seguían siendo horribles, pero sus ojos eran grandes y oscuros como una laguna esponjosa.

—... Eh...

—¿Quiere escribir un memorandum o un oficio?

—... Eh...

—¿Sabe el destinatario?

—Olvídelo, Gloria... Eh... Gracias.

Después, bebió un largo trago de whiskey, encendió un cigarrillo, tomó la guía telefónica y buscó con los dedos varios números al azar. A los primeros que contestaron les colgó sin más, pero una de las voces sonó acogedora. Decidió confiarse a ella:

—¿Aló?

—Hola...

—¿Sí?

—Voy... voy a morir...

—¿Quién habla?

—Me lo han dicho ayer y pensé que... pensé...

—¿Eres tú, Eduardo? ¿Es una de tus bromas?

—No... no es broma...

—¿Con quién quiere hablar?

—No lo sé.

—¿Quién es usted?

—Me llamo Alfredo.

—Alfredo.

—Sí. Me quedan... seis meses. Nada más.

—Creo que se ha equivocado... Se equivocó de número.

—Ya veo, lo siento. Lo siento mucho.

Y colgaron. Tendría que hablar con Gloria, no había más remedio. La invitó a almorzar. Por instinto, trató de salir más tarde y de llegar a la puerta disimuladamente, sin que lo vieran. Quizá por eso, tuvo la sensación de que toda la empresa estaba pendiente de él, que todos los saludaban con sonrisas pícaras. Fueron a un restaurante oscuro que servía menús grasientos y baratos. Alfredo se sentía nervioso. Con los primeros platos habló de trabajo. Puras tonterías: contratos, escalas salariales, ventas. Pensó que lo mejor era ir con calma. Sólo cuando llegaron los platos de fondo empezó a hablar de temas más personales: perspectivas, vocaciones, intereses. Comprendió que no lo habían hecho nunca hasta entonces y ni siquiera sabían cómo hacerlo. Más difícil aún era llegar al tema. Parecían acercarse cuando un grupo de la oficina de Recursos Humanos se sentó en la mesa del costado. Celebraban el cumpleaños de un adjunto. Los saludaron estruendosamente y los invitaron a su mesa. Hablaban a gritos. Terminó el almuerzo y volvieron a la oficina con la sensación de que no se habían dicho nada en toda la hora. Alfredo se encerró en su oficina y pidió un café. Cuando Gloria se lo llevó, le pidió que se sentase una vez más.

—¿Traigo la agenda?

—No. Así está bien.

Ella se sentó.

—Gloria, ¿se siente usted bien trabajando aquí?

—Sí, señor Ramos.

—Si yo... yo quiero que sepa que usted... es muy importante para mí.

—Gracias.

No sabía qué más decir. Quería demostrarle cuánto la apreciaba. Se fijó que ella tenía las manos sobre el escritorio. Unas manos regordetas y oscuras con unas uñas postizas rojas. Tomó una de esas manos entre las suyas y la apretó fuertemente. Estaba fría. La acercó a sus labios. Ella la retiró con fuerza. Estaba más roja que sus uñas y sus ojos estaban muy abiertos. Temblaba.

—Creo... creo que lo mejor será que me retire, señor Ramos. Con permiso.

Se levantó y volvió a su escritorio. Alfredo no la volvió a ver durante el resto de la tarde. Cuando salió de la oficina, ella ya se había ido. Y por la noche, mientras hacía el amor con Lucy, esas manos se repitieron en su mente más que cualquier otra parte de cualquier otro cuerpo.

Mariana y Katy vieron «¿Quién manda a quién?» comiendo sandwiches mixtos en el cuarto. Jasmín intentó entrar, pero su hermana la echó del cuarto. Mariana la envidió por poder hacer eso. Katy le había prestado un pijama que parecía un baby doll de seda y un calzón de verdad, de los que se abren con ganchos a los lados. Después revisaron juntas los catálogos quirúrgicos de Mari Pili, jugando a ver qué partes del cuerpo se operarían. Katy cambiaría su nariz. Mariana se operaría todo. Se cambiaría por otra.

—¿Por qué? —preguntó Katy—. No eres fea. Eres muy bonita, más bien.

Mariana se sonrojó al oírlo.

—Me gustaría tener unas tetas como las tuyas —le dijo. Katy hizo un strip-tease y las dos se rieron. Después se pintaron de negro las uñas de los pies. Mariana le pidió a Katy que se pintase sólo las de los pies para que su mami no se diese cuenta de que le había robado el esmalte. Mientras se pintaban, Mariana se pasó de la raya y se pintó un dedo. Katy, jugando, le pintó el empeine del pie. Mariana le devolvió la gracia en la nariz. Rodaron por la alfombra forcejeando hasta que Mari Pili entró

81

para mandarlas a dormir. Antes de meterse en la cama, Katy sacó cigarrillos.

—¿Te gusta fumar? —le preguntó.

—Claro.

Mariana nunca había fumado, pero sabía que le gustaría. Se acercaron a la ventana y se pusieron a fumar echando el humo hacia fuera, hacia la noche.

—¿Quién te gusta de la escuela? —preguntó Mariana.

—Nadie.

—Tú le gustas a Javier.

—Javier es un cojudo.

Javier era mayor que el resto de la promoción porque había repetido dos veces. Sus padres le habían prometido regalarle un carro si pasaba de año, y ahora era el único que tenía permiso de conducir. Corría tabla, fumaba marihuana en el colegio y aseguraba haber cachado ya muchas veces. Mariana lo consideraba un perfecto imbécil. Pero la mitad de la clase quería ir en su carro. Katy expiró el humo.

—¿Y a ti quién te gusta?

—Nadie.

Después de fumar, Katy esparció el aerosol de baño para disimular el olor. Todo el cuarto olía a flores artificiales. Katy le enseñó sus toallas higiénicas especiales para dormir. Se las pusieron juntas.

—¿Sabías que si dos mujeres son muy amigas terminan por tener la regla al mismo tiempo?

—Entonces ya somos muy amigas.

—Hagamos un pacto.

Sellaron su amistad con esmalte negro y sangre de la regla. Katy comentó que era el pacto más asqueroso que había hecho en su vida. Mariana dijo que eso dolía menos que cortarse el dedo. Se rieron y se fueron a acostar. De cerca, Katy aún olía a tabaco y a toalla higiénica. También olía a Colors, que era la colonia que le gustaba. Mariana no usaba colonia pero Katy le prestó un poco. Ahora olían igual. Miraron sus pies bajo las sábanas. Las uñas negras contrastaban con la blancura de las sábanas. Por primera vez, a Mariana le pareció que tenía unos pies lindos. Al apagar la luz, varias estrellitas fosforescentes brillaron en el techo. Se fueron apagando mientras ellas conversaban. Katy le contó que todos los chicos de la escuela le parecían inmaduros. Mariana respondió que eran simplemente unos huevones. En el techo, las estrellas ya habían perdido toda su luz.

Ahí estaba. Al principio, la niebla le hizo dudar, pero después lo confirmó: era la misma mujer arrugada y catatónica de la vez anterior. Tenía la mirada puesta en el vacío y conservaba el tic en la mano. Papapa trató de saludarla desde lejos, pero ella no lo vio. Él comenzó a acercarse con sus pasitos lentos. A su espalda oyó la voz de la enfermera:

—Por ahí no. Vamos por la izquierda.

Y sintió su zarpa tomándole del brazo para llevarlo hacia el otro lado. Decidió resistirse. Intentó seguir de largo, pero la otra insistía. No pudo más y dio vuelta a la izquierda. Al hacerlo, sintió una profunda tristeza como un aguijón. Caminaron hasta la primera etapa y se sentaron en una banca al lado de un seto.

—¿Tienes un cigarro? —le preguntó.

—No le hace bien fumar —respondió ella.

Nada de lo bueno le hacía bien. Sólo podía tomar medicinas y remedios para curar cosas que ni siquiera sabía que tenía. Era la hora de las pastillas para la circulación y el Gaseovet. La enfermera llevaba un termo con agua para que él las tomase. Retiró la tapa-taza y empezó a abrir el termo, pero Papapa tiró la tapa al suelo, entre la tierra de las plantas.

—Lo siento —dijo—. Soy un viejo torpe.

La enfermera puso cara de fastidio y después de resignación.

—No importa. Voy a lavarla.

Cerca de ellos, un chico regaba el jardín. La enfermera fue a pedirle un chorro de agua. Papapa buscó en su bolso las medicinas y las tiró atrás del seto. No tenía mucha fuerza, pero sí llegaron a caer bien ocultas. Por si acaso, se arrimó hacia ese lado para esconderlas con su cuerpo. Cuando la enfermera volvió, le sonrió con candor. Ella buscó en su bolso y puso un gesto de fastidio.

—Qué raro. Estaban aquí.

—¿Qué cosa?

—El Gaseovet y las pastillas.

—Yo las vi en la mesa de la cocina.

—No puede ser. Las metí aquí.

—En la mesa de la cocina.

—¿Pero qué hacían...?

—Ahí las vi yo.

—¿En la mesa...?

—De la cocina, sí. Ahí estaban.

Siguió revolviendo el bolso. No encontró nada.

—Tendremos que volver a la casa.

—¿Y si espero aquí? El día está tan bonito...

El cielo estaba bajo y gris, pero la enfermera no se dio cuenta. Dejó a Papapa en la banca y se encaminó a la casa. Sería más rápido así. Él esperó a que desapareciese y le pidió al chico de la manguera que lo ayudase a ponerse de pie. Le agradeció y comenzó a caminar hacia la mujer del día anterior. Temía no llegar a tiempo. Odiaba la lentitud que le imponía su cuerpo. Anduvo unos quince minutos y llegó a la banca donde la había visto. Ella seguía ahí. Se acercó y se sentó.

—Buenos días —le dijo sonriendo.

Ella no respondió, pero la enfermera dejó ver por una vez la cara que la fotonovela escondía.

—¿Conoce a doña Doris? —preguntó.

—Somos... viejos amigos, ¿verdad, Doris?

Doris miraba hacia los eucaliptos. Él continuó:

—Te debo una reparación. ¿Te acuerdas? El fregadero.

—Ella no habla —dijo la enfermera.

—Claro —respondió Papapa. Y siguió hablándole—. ¿Te gustaría que pasase un día a visitarte?

Por primera vez, su mirada volteó hacia Papapa. Él se emocionó, pero los ojos de ella parecían atravesarlo. Eran dos ojos grises como el cielo. La enfermera volvió a hablar:

—Le encantará que la visite. Ahora que va a la residencia, se va a sentir muy sola.

—¿Residencia?

—¿No lo sabe usted? ¿No eran viejos amigos? Pensé que había venido a despedirse.

—¿Despedirme de Doris?

—A partir del lunes podrá encontrarla en la casa de reposo Mis Mejores Años.

A Papapa le pasó un escalofrío por la espalda. Le sonaba a jardín de infantes o a cementerio. O a las dos cosas. Doris miró al suelo y comenzó a mover la cabeza como si bailase sólo con el cuello. Papapa quiso abrazarla pero se contuvo.

Había vencido. Trataron de arrancárselos, pero los había derrotado. Y ahora sí estaba realmente furioso. Había hecho lo mejor posible por contener sus impulsos, y por lo visto, en esa casa nadie sabía apreciarlo. Mientras se lamía las partes salvadas, pensaba que quizá era hora de probar una nueva vida en algún lugar. Ya era un gato grande. Quería conocer el mundo.

Su oportunidad llegó rápido. Cuando la enfermera entró a buscar las medicinas de Papapa, parecía tener prisa. Dejó la puerta abierta. El gato pensó que ésa podría ser su última puerta abierta. Acechó el umbral por unos segundos y verificó con el olfato que no hubiese peligro. Saltó hacia fuera. Dio cuatro pasos cautelosos hasta llegar a la puerta del ascensor. Lo había hecho, se había escapado. Durante unos minutos se sintió orgulloso. Anduvo de ida y vuelta por la puerta del ascensor. Al fin libre, dueño de su territorio. En casa llorarían su partida.

Siguió caminando hacia la salida, pero se detuvo al verla. No era un camino llano, sino miles de escalones que llevaban a sabe Dios dónde. Terminaban en la oscuridad, en lo desconocido. Hacia arriba ocurría lo mismo. Escapar significaba aventurarse por esos caminos que nunca había pisado. Después se dio cuenta de que, además, no sabía el camino de vuelta. Eran cuatro pasos, pero no recordaba cuáles. Tuvo miedo. Pensó que tal vez se quedaría ahí, solo, sin comida ni calor. Abandonado a su suerte para siempre. Empezó a chillar, lloró mucho y muy fuerte, se lamentó con maullidos de desesperación. No paró hasta que la enfermera lo metió de nuevo a la casa.

Estaban frente a una puerta igual a todas las demás de la residencial, en el edificio de Jasmín. Pero, según ella, esta puerta era especial. A su lado colgaba el número 4-B. Y abajo había un felpudo mordido por un lado en el dintel y un gordo manojo de sobres: facturas, cuentas de luz, publicidad. Ninguna carta de una persona.

—¿Y? —preguntó Sergio.

—Hace muuuuucho tiempo que no ve sus cartas ni abre la puerta —dijo Jasmín.

—Puede estar de viaje.

—Es muy gordo. Es tan gordo que nunca sale de la casa. No pasa por la puerta.

—Entonces está dentro. Vivo.

—Entonces abriría la puerta.

Jasmín miraba a Sergio como si fuese una bobería no darse cuenta de que el vecino estaba muerto. Sergio propuso tocar el timbre y ver si salía alguien. Jasmín aceptó indulgentemente. Sergio tocó y los dos corrieron escaleras abajo. Esperaron en el tercer piso a ver si alguien abría. Minutos después, escucharon el sonido de una puerta que se abría y se cerraba rápidamente. Alguien subió al ascensor. Corrieron hacia arriba, pero era tarde. El ascensor estaba bajando. Volvieron a correr hacia abajo, tratando de ganarle la carrera al ascensor. Sergio también trataba de ganarle a Jasmín. Llegaron al primer piso sin aire en los pulmones, justo a tiempo de ver a la señora del 4-A bajando la basura.

—¿Ves? —dijo Jasmín.

—¿Qué?

—En el 4-B no hay nadie vivo.

—¿Y si está dormido? ¿O no quiere abrir la puerta?

Jasmín lo miró con los ojos cargados de una mezcla entre la lástima y el desprecio.

—¿Sabes qué, Sergio? Eres un chinche.

—¿Qué es eso?

—Uno como tú. Si te da miedo entrar, busco a alguien más.

—¡No soy un chinche y no me da miedo! —gritó Sergio—. Además, yo ya he visto un muerto. Vi a mi abuela.

—¿Y cómo era?

—Estaba dura y no tenía dientes.

—Así era cuando estaba viva.

—Más dura.

—¿Y qué más?

—Y tenía los huevos así.

Le mostró un frasco cerrado con un líquido verde. En el centro flotaban dos cosas como negras cáscaras de nuez.

—¿Qué es eso? —preguntó ella.

—Son huevos de gato. Los robé del veterinario.

—¡Puuaajjj! ¿Y tenía también los de tu abuela?

—No seas idiota. Los de mi abuela están en una clínica de personas.

—No me digas idiota o te beso.

Sergio prefirió no decirle idiota. Jasmín se impacientó:

—¿Quieres entrar a casa del muerto o qué?

—No sé.

—¿Quieres jugar a la Barbie?

—¡No! ¿Por qué no jugamos a los robots?

—Me voy.

Sergio se encogió de hombros porque no le importaba que ella se fuese. Mejor. Jasmín desapareció en el interior del edificio y Sergio se quedó mirando la ventana del 4-B. Estaba cerrada y tenía las cortinas cerradas también. Seguramente no había nadie ahí dentro. Retrocedió un poco para ver mejor pero no vio nada de todos modos. Un soplo de viento barrió el polvo a su alrededor. Sintió frío. Bajó la mirada hasta el segundo piso. Su hermana estaba ahí, con Katy. Llevaban puesta ropa de la tía Mari Pili y se la probaban y cambiaban frente a un espejo de cuerpo entero. Reían. Mariana se puso un sombrero de ala enorme bajo el cual entraban las dos. Le hizo señas a Katy, que se acercó a ella para comprobarlo. Volvieron a reír. Súbitamente, Mariana volteó hacia fuera. Vio a Sergio. Se acercó a la cortina y la cerró.

—Muy bonita tu hermana —dijo una voz a espaldas de Sergio.

Él volteó. Esta vez, lo reconoció. Era el señor Braun con uno de sus perros. Un doberman. El animal parecía tranquilo. Sergio se acercó a acariciarlo. Mamá le había dicho que nunca hablase con extraños. Pero Sergio pensaba que ahora el señor Braun no estaba en realidad, y no sería peligroso.

—Una joven muy simpática —le dijo a Sergio. Miraba hacia la ventana donde Mariana acababa de desaparecer.

—A mí me cae mal.

—¿No te respeta?

—No.

El doberman se echó en el suelo para que Sergio le acariciase la barriga. Parecía satisfecho.

—A veces es necesario aplicar un correctivo a las chicas cuando se portan mal... para que no reincidan.

—Ella no me dejaría.

—Hay que imponerse quizá.

El doberman ladró. Se había puesto tenso.

—¿Cómo?

—Hay que tener huevos. ¿Tienes huevos, Sergio?

Sergio le mostró el frasco con el líquido verde. El señor Braun sonrió.

—Los tienes que tener puestos.

Sergio se acordó de su pinga, su capuchón y sus huevos. Poco a poco, iba entendiendo para qué servía el equipo completo.

—¿Tú tienes huevos para entrar al 4-B? —preguntó.

El señor Braun sonrió. Dijo:

—¿Quieres entrar ahí?

Sergio asintió con la cabeza.

—Te puedo llevar a un lugar mejor. ¿Quieres venir?

Y le extendió una mano fofa y blanca. El doberman se levantó de inmediato, como si hubiese recibido una señal para pasear. Y empezó a dar vueltas alrededor del niño.

—¿Está lejos?

—No. Siempre está cerca.

—¿Y qué hay ahí?

—Si no vienes, no lo sabrás.

Un lugar mejor que el 4-B. Estaría bien. Sergio volvió a mirar hacia el cuarto piso. Le pareció que la cortina se había abierto ligeramente. Soltó la mano del señor Braun para señalarle la ventana.

—Hay alguien ahí —dijo.

Al bajar la mirada, tropezó con Jasmín que lo observaba desde la ventana de su cuarto. Sergio se avergonzó por estar con el señor Braun. Pensó que Jasmín lo acusaría a su mamá. Pero Jasmín sólo le sacó la lengua y cerró la ventana. Sergio se encogió de hombros. Le daba igual. Volteó para irse con su nuevo amigo. Pero ya no había nadie cerca.

Lucy pensó sacar cien soles en el cajero automático. Había calculado que necesitaría dinero para comprarle algo a Mari Pili y aprovecharía ella misma para comprarse un pañuelo y estrenarlo en la cena. En casa de Mari Pili siempre era conveniente llevar puesto algo nuevo para tener un tema de conversación largo. Pulsó los botones del tablero, pero no hubo respuesta. Verificó su código secreto y volvió a intentarlo sin éxito. La máquina le devolvió su tarjeta. Por un momento, le pareció que el aparato se burlaba de ella. Hasta que apareció en la pantalla que su operación no se podía realizar por razones técnicas transitorias. Por impulso, golpeó la pantalla. Era el cuarto cajero que le fallaba en el día. Los bancos siempre congelaban el dinero por unas horas mientras hacían operaciones grandes. Los bancos no tenían idea de lo que era una cena en casa de Mari Pili.

—País de mierda —dijo.

Sobre una esquina, vio la cámara de seguridad del cajero. No pudo contenerse y le hizo un gesto con el dedo medio. Se sentía desbocada. Lo mejor fue cuando se dio cuenta de que la cámara no respondía a su gesto. Nadie entraba a detenerla ni se encendía una alarma.

Lo único que se movía era su propia imagen en el monitor de la otra esquina. Se sorprendió al verse a sí misma insultando de un modo tan vulgar al aire. Se fijó en el gesto áspero de su rostro y en su ceño fruncido. Volvió a intentar el mismo gesto, pero ya no le salía con la misma espontaneidad. Intentó otro que había visto muchas veces en su espejo retrovisor. No sabía bien lo que significaba, pero era evidentemente insultante y requería el uso de ambas manos. Le gustó más que el primero.

Se acercó a la cámara y sonrió, siempre fijándose en la pantalla del monitor y en que nadie tratase de entrar en el cajero. Su sonrisa quedaba bien ahí. Se mordió los labios y sacó la lengua. Estaba ruborizada y divertida a la vez. Comenzó un paso de baile estilo can-can usando el bolso como vuelo de falda. Bailó hacia un lado y luego hacia el otro. En un momento, decidió mover más las caderas. Luego se desabrochó el botón superior de la blusa. Jugó a gemir ardientemente, como si fuera un baile erótico. Le coqueteó a la pantalla, le mostró los dientes y la lengua. Se dio vuelta y balanceó el trasero. Luego se viró hacia la cámara con la blusa abierta y el dedo en la boca. Hacía años que no se divertía tanto sola.

Volvió a la casa con una expresión relajada y distendida en el rostro. Nada más cruzar la puerta, se encontró con Sergio. Lo cargó, lo abrazó y le dio dos besos mientras le decía cuánto lo extrañaba. Estaba feliz de ser su madre, estaba feliz de ser. Sergio aceptó las caricias y la siguió hasta su cuarto. Lucy iba a ducharse. No sentía pudor. Se quitó la ropa y buscó un traje para la cena ante la atenta mirada de Sergio y el gato, que jugaban con la toalla. Como había dejado la puerta abierta, mientras se duchaba entró también Papapa. Ella cantaba en la ducha y los tres espectadores se miraban con curiosidad. Ella se sentía libre. Le pareció que el olor a humedad se había disipado. Quizá provenía de sí misma, que había estado demasiado tiempo guardada en un cajón.

Por la mañana, había pasado unos minutos por la oficina para revisar un presupuesto y había encontrado a Gloria en su escritorio. Se veía más bonita vestida de calle, sin el habitual uniforme azul y gris a cuadros. En cuanto lo vio, ella trató de huir.

—Buenos días, señor Ramos —buscaba un escape con el rabillo del ojo.

—Buenos días, Gloria. ¿Tienes un minuto? —él quería aclarar las cosas, evitar un malentendido.

—En realidad, ya me iba. Es sábado y... —casi se dobló buscando una esquina por donde escapar.

—Es que... creo que necesitamos hablar... —bruscamente, bloqueó con el cuerpo la salida al pasillo. Ella retrocedió. Se veía intranquila y pálida—. No me tenga miedo. Por favor. Lo que ha pasado ha sucedido porque la aprecio. Mucho.

Ella pareció asustarse aún más al oír eso.

—De verdad, señor Ramos... Me tengo que ir.

Alfredo sintió un impulso por tomarla del brazo y sacudirla. Pero se quedó quieto. La observó calladamente mover su culo deforme hasta la puerta, revisó sus presupuestos, bebió media botella de whiskey y decidió hablarle a Lucy y dejarse de cojudeces. Lo que necesitaba era llorar, y no podría hacerlo frente a nadie más.

Volvió a casa por la tarde. Había almorzado whiskey, cigarros y pastillas de menta. Se había lavado la cara tres veces y había dejado la casaca en la oficina porque olía demasiado a tabaco. Estaba listo para hablar. En casa parecía que no había nadie. Se oía cantar a Lucy desde la ducha. En el baño encontró a Papapa, Sergio y el gato sentados por el suelo. Los echó a todos.

—Bueno, qué pasa, ¿esto es una película o qué carajo?

—Yo vine porque quiero hablar con ustedes.

—Ya, Papapa, pero espera que salgamos de la ducha, ¿OK?

—Es importante.

—Sergio, vete y llévate a tu abuelo. Al gato también.

A Lucy le dio risa el incidente. Ni siquiera se había dado cuenta de que estaba el abuelo. Salió de la ducha y empezó a maquillarse de espaldas a Alfredo. Se puso un perfilador rosa Rosebud y pintura de labios Cabiria en color miel. Empolvó sus mejillas con un rosa brillante mientras Alfredo buscaba las palabras. Luego se volteó hacia él, como si acabase de recordar que estaba ahí.

—¿Estás bien?

—Perfectamente.

Se quedó mirándolo. Él quiso un whiskey.

—¿Me pasas el delineador que está en mi bolso?

Se volvió hacia el espejo y continuó. Alfredo fue a traer el bolso que se había quedado en el baño. Al tratar de agarrarlo se le cayó y todo su contenido se esparció por el suelo. Desde el cuarto, se oyó la voz de Lucy.

—¿Puedes hacer algo sin destrozar la casa?

—Perdón.

Alfredo empezó a recoger. Se sorprendió por la cantidad de cosas que entraban en el bolso de una mujer. Lápiz de labios, toallitas, toallas de las otras, lapicero, espejo, agenda, recortes, novela del corazón, jabones, conos de papel para orinar de pie... Él no tendría tantas cosas en la vida. Debía ser difícil morirse siendo mujer, dejando tantas cosas tan pequeñas tiradas por ahí. Al final, entre los aretes y las pulseras, encontró una nota abierta. Se preguntó si podría leerla. Se respondió que sí. Que para eso era el esposo. La leyó:

Tus tetas. No se van de mi cabeza.
¿Qué más vas a enseñarme?
Sushi Bar. Domingo 12.30 p.m.

Alfredo se mareó. Trató de explorar la posibilidad de que alguna vez, quizá hacía mucho tiempo, él mismo hubiera escrito esa nota para ella. O para otra, al menos. Pero su memoria sólo le devolvió espacios en blanco. Silenciosamente, guardó las cosas en el bolso y volvió a salir.

—Búscalo tú misma.

Se sentó en la cama y encendió un cigarro. Lucy se sorprendió.

—¿Has vuelto a fumar?

—Parece que sí.

—Al menos hazlo donde los niños no te vean. ¿Te vas a cambiar para la cena?

Parecía tan tranquila. Tan inocente. Alfredo no sabía qué hacer. Estaba furioso. Se bañó y se cambió para ir a casa de los Parodi. Pensó que Lucy se reiría en su cara si le dijese algo. Seguramente tendría una explicación sencilla y tonta. Seguramente.

Esa noche, Mari Pili los recibió fascinada por el maquillaje de Lucy y Juan Luis les ofreció whiskey. Mariana estaba en esa casa. A Alfredo le pareció que hacía mucho que no la veía. Dijo que iría a una discoteca con Katy. Lucy trató de ponerles hora de llegada, pero Mari Pili se burló de lo conservadora que era y tuvo que dejar que volviesen a las 2.00 pero ni un minuto más tarde. A Lucy le pareció que Mariana había crecido varios centímetros en menos de un día.

Cuando las niñas se fueron, Mari Pili salió a acostar a Jasmín y Juan Luis empezó a hablar sin parar de autos, tarjetas de crédito y fondos de inversión. A Alfredo sus palabras le daban vueltas desordenadas en la mente. Se limitaba a asentir con la cabeza y a levantar su vaso cada vez que se vaciaba. Sabía que Juan Luis siempre había pensado que era un perdedor y un aburrido. No le importaba que lo siguiese pensando.

Cenaron una cosa con un nombre francés. Mari Pili estaba orgullosa de ser la única de la mesa que podía pronunciar lo que comían. Había cambiado mucho Mari Pili. Tres años antes, Alfredo había sido su amante por un par de meses, hasta que ella se aumentó el pecho por endoscopia. Antes de la operación, se pasó dos meses comentándole a Alfredo lo que pensaba hacer cada vez que hacían el amor. Le introducirían por el ombligo un tubo hueco con prótesis hinchables y luego las llenarían con suero fisiológico. Después de la cirugía, ella se negó a desnudarse frente a Alfredo. Dijo que tenía vendajes y

100

que sus pechos —los llamó pechos— estaban hinchados. Después de una semana, dijo que tendría que pasar un par de meses sin hacer movimientos bruscos. Cuando Alfredo la volvió a buscar, un mes después, le dijo que ahora se sentía mucho más segura de sí misma y que planeaba recuperar su matrimonio. Nunca volvieron a tocar el tema. Ahora, después de comer, Alfredo la ayudó a llevar los platos a la cocina. Lucy se había levantado para hacerlo, pero él se le adelantó. Juan Luis siguió hablándole a ella de fondos mutuos, mientras Alfredo dejaba los platos en el fregadero. Le dijo:

—¿Cómo va todo?

—Bien. Igual.

—Oye...

—¿Qué?

—...

—¿Qué?

—Nada.

—No dormiré contigo. Olvídalo.

—No es eso.

—Entonces sí es algo.

—...

—Dilo. No te voy a morder. Yo, de hecho, no.

—¿Soy un buen amante?

—¿Qué?

Por primera vez, dejó lo que estaba haciendo y lo miró. Se rió.

—No me acuerdo —dijo.

—Creo que Lucy me engaña.

—¿Lucy? Ya era hora.

—Estoy hablando en serio.

—No me hagas reír. ¿Quieres oír algo serio? Me voy a divorciar.

—Ah.

—Estoy harta de este imbécil. Estoy perfecta. Le cuesta una fortuna tenerme así pero ni siquiera se da cuenta. Prefiere el fútbol.

—Es normal... con el tiempo...

—¿Te parece normal? Mira este culo —tiró los platos y se levantó la falda dejando un culo firme y suave bajo un calzón casi transparente—. Este culo, para tu información, cuesta tres mil dólares. ¿Te parece el culo fofo de cualquier ama de casa? Pero él no se entera ni por la cuenta de la tarjeta de crédito. Mira, tócalo.

—Mari Pili, no sé si...

—¡Toca este culo! Al menos alguien lo hará. Y dime qué te parece.

Alfredo tocó su culo y se fijó en su rostro reencauchado y sólido. No se veía más joven que antes pero sí más lisa y brillante.

—... E... Está bien.

—¡Claro que está bien! Es una liposucción ultrasónica. Es lo último. Redujeron las células de grasa mediante ultrasonidos con microcánulas de...

—A mí me pareces bonita.

Ella se calló. Luego se rió, pero esta vez con una risa dulce. Volteó a mirarlo. Él recordó el brillo de sus ojos.

—¿De verdad? —preguntó.

Pero la siguiente voz vino de Lucy en la puerta de la cocina.

—¿Qué están haciendo? ¿Necesitan ayuda?

Alfredo bajó la mano y Mari Pili se acomodó la falda.

La discoteca estaba construida en un viejo cine de la avenida Pardo. La gente hacía colas de horas para entrar, pero en la puerta se encontraron con el imbécil de Javier, y con él entraron directamente. Había venido en su carro, con el imbécil de Eduardo y la imbécil de Carol. De todos modos, era bueno ahorrarse la cola. En el primer piso, había todo tipo de música y mucha gente. En el segundo, sonaba sólo tecno, había menos gente y el bar sólo servía agua. Javier tenía unas pastillas. Mariana se sentía segura. Le gustaba el modo en que los hombres miraban a Katy. Se sentía fuerte. Tomó dos pastillas y varios vasos de agua. Se aburrió durante una hora entre la masa que bailaba. Trataba de hablar con Katy, pero la música vibraba demasiado. Odiaba ese lugar. Hasta que las pastillas surtieron efecto. Sintió ganas de bailar. Ella nunca bailaba, pero ahora tenía ganas de hacerlo. Y podía bailar con Katy, porque todo el mundo bailaba solo. Empezó a moverse. Katy también. Por primera vez, entendió de qué se trataba bailar. Cuando se acercaban los chicos, las dos decían: «Fuera, somos pareja», y todos se reían. Conforme pasaba la noche, se divertía más y tenía más ganas de bailar. Hasta bailaba con los chicos. No importaba. Se le

103

acercaron dos chicos que ni siquiera conocía. Trataron de hablarle. Le contaron estupideces y le ofrecieron pastillas. Uno le habló de lo bueno que era el sexo con pastillas. Ella le dijo que ella no necesitaba pastillas para eso. Se sintió guapa. Pero extrañaba la tarde que había pasado conversando con Katy y viendo películas tontas. Trató de buscarla. Se había perdido. Siguió bailando alrededor de la pista, buscándola. La gente sudaba mucho y saltaba sin parar. Parecía que faltaba el aire. Mariana se mareó y se sintió muy triste, muy triste. Fue al baño. Katy estaba en la puerta. Y Javier también. Se estaban besando. Él tenía la mano en el culo de ella. Se quedó todo el resto de la fiesta llorando en un water. Vomitó. Katy ni siquiera se dio cuenta. Al volver a la residencial, bajaron del auto de Javier y le dijo:

—Dijiste que era un cojudo.

—Es un cojudo. Pero chapa bien.

—¿Qué?

—Para agarrármelo, no me interesa su inteligencia.

A Mariana, esa palabra le dolió. Agarrármelo.

—Qué puta eres —respondió.

—Estás envidiosa porque tú no te has agarrado a nadie.

—¡Katy!

—¿Qué pasa? Ya aparecerá alguien que te haga caso, ¿no?

—¡Cállate!

—Quizá cuando te crezcan un poco las tetas...

—¿Por qué...?

—Al final, no te preocupes. Si le ofreces a alguno tirar, no importa cómo seas. Dirá que sí.

Mariana quiso preguntar muchas cosas. Quiso llorar más. Pero en ese momento, entraron a la casa. Y sus padres aún estaban en el salón, hablando de fondos de inversión.

El siguiente fantasma también era conocido. Y por primera vez, no lo vio solo. Estaba con el abuelo y con el gato. Parecía que habían estado juntos desde su expulsión de la ducha: Papapa sentado en su sillón de siempre, Sergio en el suelo con sus robots y el animal saltando de vez en cuando para morder algunos de los juguetes. En la televisión ponían la serie porno de madrugada, pero ninguno de los tres parecía estar especialmente atento a ella. Papapa de vez en cuando hablaba solo. Sergio jugaba a la familia de los robots: Robo-Truck era la hermana mayor que le hacía la vida imposible y entonces Minirob lo volaba en pedazos y le reventaba la cabeza y el estómago. Minirob era pequeño pero tenía huevos.

Sergio sintió que lo llamaban desde la cocina. Se suponía que no había nadie ahí. Pero volvió a oír su nombre. Sintió frío. Pero tenía que ir. Le pidió a Papapa que lo acompañase, pero el abuelo estaba demasiado concentrado en nada en particular. Sergio se puso de pie, cargó al gato contra su voluntad y se acercó a la cocina. El gato se crispó y le prendió las uñas al cuerpo. Al cruzar el umbral de la cocina, saltó. Sergio trató de agarrarlo, pero cayó al suelo en el intento. Al levantar la cabeza, encontró unas pantuflas que no eran de Papapa. Y luego unas medias viejas que olían a naftalina. Y más arriba, una bata roída por el tiempo. Sergio no tardó nada en reconocer a la abuela.

—Hola. Ya no estás dura —le dijo.

La abuela no le respondió. Aún tenía algunos de los tubos del hospital saliéndole de la nariz. Extendió la mano y se acercó a Sergio, que retrocedió. La abuela era un fantasma conocido, pero le daba miedo así, tan silenciosa. Salieron a la sala. El gato corrió al cuarto de los chicos. Sergio dijo:

—Papapa, la abuela ha venido.

La abuela siguió avanzando con el dedo apuntando a Sergio. Sergio sintió miedo y se escondió detrás del sillón del abuelo. El abuelo apenas levantó la cabeza. La vio y le dijo:

—Así que ahí estabas. ¿Dónde te habías metido?

La abuela se quedó quieta. Parecía asustada. Estaba claro que era un fantasma nuevo, una aprendiz.

—No sé qué hacer —siguió el abuelo—. Ahora que no estás todo el tiempo, me siento más inútil.

La abuela sacudió los tubos de la nariz. Parecía sorprendida por la declaración de Papapa.

—Y hay una mujer en el parque... Bueno, estaba en el parque... Se va a ir a un asilo... Ya sé lo que vas a decir... pero a estas alturas... No sé qué debería hacer... ¿Por qué te has ido? Antes todo estaba claro, al menos éramos dos.

La abuela se sentó al lado de Papapa, en el brazo de su sillón.

—No, no tienes excusa. Eres una vieja egoísta y una trapichera. ¡No me toques! En esta casa, ni siquiera saben distinguir mi ropa de la de Alfredo. En esta casa, ya no soy el hombre de la casa. Sin ti, no soy el hombre de nada. ¡No me contestes! No has hablado hasta ahora, pues ahora hablo yo. Te has portado muy mal conmigo. Muy mal. Y ni siquiera estás ahora para aconsejarme qué hacer sin ti. Además, estás gorda.

La abuela le pasó una mano por la frente. Y Sergio empezó a preguntarse si el abuelo realmente estaba viéndola o era sólo su imaginación de viejo. En la pantalla, dos mujeres empezaron a quitarse la ropa mutuamente.

—No, no me recrimines nada de Doris. Eso es culpa tuya. Por no estar. No la culpes. Ella ni siquiera habla. No es como tú que vas regañando por la casa todo el día. Nunca estás contenta. Uno siempre tiene que aguantar tus quejas de todo. Pues ahora me quejo yo. Faltaba más.

La abuela acercó su boca llena de tubos a las canas de Papapa y le dio un beso en medio de la calva. Él no se detuvo:

—Y ahora voy a tomar mis decisiones por mí mismo. Y si me voy con Doris, me voy con Doris porque quiero y porque tú no estás. ¡Y no quiero ni una queja ni una protesta! Tuviste tu oportunidad y me has dejado tirado. Ahora te jodes, con perdón de la palabra. Yo te quiero mucho, pero esto no puede ser. Si no me has llevado contigo, me dejas en paz.

Ella se puso de pie y empezó a caminar hacia la puerta de la cocina. En el umbral volteó y se despidió con la mano del abuelo. Él se quedó refunfuñando un rato más. Ahora, Sergio estaba seguro de que en ningún momento había visto a la abuela.

Minutos después entraron papá y mamá con Mariana.

—¿Se puede saber qué hacen despiertos a esta hora?

—¿Y por qué tienen puesto ese canal?

Mamá apagó la televisión. Papapa sólo entonces pareció caer en la cuenta de su presencia. Sacó un folleto que llevaba en el bolsillo de la bata.

—Te he estado esperando —dijo—. Toma.

Lucy miró los papeles. Eran fotos en las que aparecían ancianos divirtiéndose, comiendo y haciendo ejercicios.

—Quiero ir a un asilo —dijo Papapa—. Quiero ir a la casa de reposo Mis Mejores Años. Las tarifas figuran en la última página. No es caro.

—¿A un asilo? —preguntó Lucy sorprendida.

—¿Será que todo el mundo está sordo en esta casa? —dijo el abuelo, y volvió a poner la televisión en el canal porno. Se veía más joven desde su discusión con la abuela.

Ahí estaba bien, calentito. Le gustaba la alfombra del baño. Era un refugio para la locura de esa casa. La arañó un poco para ablandarla y se tumbó sobre ella frotándose el cuerpo contra la pelusa azul. Ni siquiera se movió cuando entró Mariana. Ni cuando empezó a revolver el estuche de útiles de su padre hasta encontrar la navaja. Sólo la observó atentamente. Había aprendido que no hay que quitarle el ojo de encima a alguien que tiene una navaja. Pero no se alteró. Tampoco los gritos de afuera lo asustaron.

—¿Qué tal? ¿Le agarraste las tetas también?

—No entiendo por qué te pones así...

—¿No entiendes eso? Lo que yo no entiendo es qué hacías con las manos en las nalgas de mi amiga.

—Tú sabes cómo es Mari Pili.

—Por lo visto, tú lo sabes mejor.

Mariana abrió la llave del lavadero y dejó correr el agua caliente. El vapor empañó rápidamente los espejos. Sacó la navaja de la máquina de afeitar. Con los ojos cerrados y la mano temblorosa, la acercó a su muñeca. Cuando ya iba a rozar el brazo, la tiró al lavadero.

—No te permito qu...

—Baja la voz que no queremos que los niños se enteren de que has estado manoseando a la tía Mari Pili, ¿verdad?...

—Realmente, es imposible conversar contigo.

Mariana respiró hondo y volvió a intentarlo. Esta vez, mantendría los ojos abiertos. Para no fallar. Llegó a sentir el tacto de la navaja contra los vellos del brazo cuando alguien tocó la puerta. Y se oyó la voz de Alfredo:

—Mari, cariño, ¿vas a quedarte ahí toda la noche?

—Mierda —susurró Mariana. Volvió a guardar todo como pudo y salió. Se veía extraña, todos en la casa se veían extraños. Pero el gato estaba tranquilo. Esa alfombra era suya. Y no se la quitaría nadie.

Esa noche, Sergio se pasó dos horas tratando de dormir mientras Mariana dejaba la luz prendida y hojeaba un cuaderno. Le pidió que apagase la luz. Ella se negó y lo amenazó con pegarle si decía algo a sus papás. Sergio dijo:

—Esta noche vino la abuela.

—Cállate, imbécil —respondió Mariana.

—Cuéntame un cuento.

La mirada de Mariana fue fulminante. Sergio se dio vuelta y cerró los ojos. Cuando finalmente Mariana apagó la luz, la oyó dormir agitadamente. De vez en cuando decía en sueños:

—Estúpida de mierda.

A la mañana siguiente, Sergio fue a buscar a Jasmín. Primero trató de pensar en cualquier otra persona a quien buscar, pero descubrió con pesar que, aparte de su colección de insectos y sus pieles de reptil, Jasmín era lo más entretenido que tenía cerca. Esa mañana la niebla parecía más cerrada que nunca. Apenas se veía la ventana del segundo piso. Tocó el intercomunicador. Contestó la misma Jasmín.

—Soy Sergio.

—No te conozco.

—Ya pues, Jasmín. No fastidies.

—Sí fastidio, pues. Fastidio.

—Estúpida de mierda.

Sergio se dio la vuelta para irse. Caminó dos pasos. Luego se le ocurrió cómo convencerla. Volvió al timbre y volvió a tocar largamente.

—Deja de tocar —oyó decir—. Aquí estoy.

—Vamos a ver a tu muerto.

Jasmín lo hizo subir. Estaba desayunando. Katy también, pero ya se había bañado y parecía nerviosa. Poco después, volvió a sonar el timbre. Katy le dijo a Jasmín:

—Contesta.

—¿Otra vez? No es para mí.

—Contesta, carajo.

—¿Qué me das?

Katy puso cara de resignación.

—Te presto la tele en la noche.

Jasmín contestó con Katy pegada al auricular:

—¿Quién es?... No está.

Katy hizo gestos de estrangularla. Jasmín corrigió:

—Ah, no. Sí está. Sube.

Katy corrió a su cuarto para fingir que aún no estaba lista mientras Jasmín le abría la puerta a un chico que se llamaba Javier. El chico se sentó a esperar a Katy en la mesa del desayuno. Jasmín preguntó:

—¿Tú eres el novio de Katy?

—No. Tenemos una relación libre.

Jasmín no dijo nada más. Sergio tampoco, porque no había entendido nada. Finalmente, Katy salió y los dos se fueron. Jasmín dijo:

113

—Vamos a verlos por la ventana. Se van a besar.

Corrieron a la ventana. Katy y Javier salieron y caminaron hacia el estacionamiento. No se besaron. Sergio vio a Mariana escondida entre los arbustos del edificio. Cerró la cortina.

Lucy salió a las 12.25, después de maquillarse cuidadosa pero ligeramente. No quería parecer demasiado atrevida un domingo por la mañana. Bajo la puerta del cuarto, encontró otro tríptico de la casa de reposo Mis Mejores Años. Pensó que debían haber hecho algo mal para que Papapa se quisiera ir, pero no tenía tiempo para sentirse culpable.

El Sushi Bar era elegante, y a mediodía estaba casi vacío, esperando la hora del almuerzo. Lucy pidió una Coca-Cola. Era extraño que alguien entrase solo un domingo a pedir una gaseosa, pero la atendieron con delicadeza. Inclusive los cocineros, que cocinaban a la vista de los clientes, intercambiaron sus habituales gritos en japonés para dar por recibida la orden. A Lucy le pareció gracioso. Pero estaba inquieta. Se preguntaba cómo la habían visto quitarse la blusa en el baño de la clínica. Y se preguntaba si el autor de la nota era algún japonés. Siempre tenían tecnologías raras para todos los usos. Mientras bebía su gaseosa, entró una pareja y pidió sashimi. Y nadie más. Se preguntó si su admirador secreto habría olvidado la cita. Pero luego sintió la mirada. La atacó como un látigo. Y la llenó de calor. Una vez más, no sabía de dónde venía. Pero le producía un inmenso placer. Dejó la Coca-Cola a medias sobre la mesa y preguntó dónde estaba el baño. Al entrar, cerró con pestillo y se dirigió directamente al único water. No tenía puerta independiente, pero mejor, porque desde ahí se veía el espejo. Cuidadosamente, se quitó la falda, la dobló para no arrugarla y la dejó colgada en el asa de las toallas. Luego se quitó el calzón rojo que Alfredo jamás había notado. Se observó el sexo en el espejo. No se había afeitado las ingles y parecía cubierto por una selva negra y rizada. Empezó a deslizar su mano entre las piernas, de arriba abajo. Se acomodó mejor para verse en el espejo con los ojos entrecerrados. Con las yemas de los dedos buscó los labios ocultos tras los vellos. Sintió un escalofrío. Se mordió los labios. Le habría gustado tener una lengua larga que llegase hasta ahí abajo. Sonrió de sólo pensarlo y dejó que su mano izquierda siguiese recorriendo su entrepierna hasta la línea entre los glúteos. Introdujo su dedo entre las nalgas. Se estremeció.

Diez minutos después, salió del baño, pagó y volvió a la casa. Al salir del bar, extrañamente, volvió a sentir la mirada en su nuca. Pero no volteó. Ya le había dado lo que quería.

Hasta esa nebulosa mañana, nunca había espiado a su mujer. No sabía cómo hacerlo. Bajó a la calle con el buzo deportivo que le había regalado Lucy tres años antes y que nunca se había puesto. Le quedaba un poco justo, pero convenció a la familia de que saldría a correr. En realidad, Lucy se rió de él, Sergio ni lo notó, Mariana no le dijo ni buenos días y Papapa se limitó a gruñir que quería ir a un asilo. Pero parecían convencidos.

Esperó tras el supermercado que saliese Lucy y la siguió. Después pensó que ya sabía adónde iba y que lo mejor habría sido apostarse directamente en el Sushi Bar. Un par de veces, cuando Lucy volteó, tuvo que esconderse en un teléfono público y en la cabina de un cajero automático. A esta última entró mientras la puerta se cerraba, y el cliente que estaba adentro se asustó. Tuvo que salir de nuevo para que no gritase.

Cuando Lucy llegó a su destino, Alfredo se escondió detrás de un seto cercano. Constató con tristeza que el Sushi Bar tenía ventanas polarizadas. Desde afuera, no se podía ver lo que ocurría adentro. Se preguntó si sería muy sospechoso entrar a pedir un vaso de agua. Pero no tenía sentido. Lucy lo vería. Pero él vería con quién estaba ella. Eso ya sería algo. Empezaba a animarse con la idea, cuando un policía se le acercó:

—Buenos días. Sus documentos, por favor.

—No los tengo, jefe. He... salido a correr.

—Lo he visto entrar a un cajero violentamente, avanzar a hurtadillas e invadir propiedad privada en este inmueble, pero correr, lo que se dice correr, no lo he visto, ¿ah?

Alfredo entendió entonces que, como agente secreto, se moriría de hambre.

—¡Ja! —empezó a reír con cierta desesperación—. Eso... es que... Se trata de una broma...

—Una broma.

—Estoy siguiendo a mi mujer para... sorprenderla.

—Sorprenderla.

—Sí. Quería darle... Eso, una sorpresa.

—¿Qué sorpresa?

—Yo.

—...

—Es decir, salirle al paso y decirle ¡Sorpresa! Hace... hace tiempo que no nos vemos y...

—Y usted ha vuelto a casa después de mucho tiempo vestido así y sin maletas...

—¿Qué tiene de malo? ¿No le gusta mi buzo o...?

—Le he pedido sus documentos.

Alfredo decidió apelar a una nueva estrategia.

—Escuche... ¿No habrá... no habrá un modo de arreglar esto?

—¿Qué quiere decir?

—No sé... alguna salida...

El policía captó el mensaje. Era perspicaz.

—Ya eso se hará según su criterio, señor.

Alfredo empezó a buscar un poco de criterio en sus bolsillos, pero lo había dejado todo en casa, en la billetera, donde solía ponerlo.

—No tengo ni un centavo, jefe.

—¿Y yo le he pedido dinero acaso? ¿Qué trata de decir? Yo no le he pedido nada más que sus documentos. Pero ahora puedo acusarlo por intento de soborno.

—No, jefe...

—¿Dónde está su mujer?

—En el Sushi Bar.

El policía parecía aburrido de Alfredo.

—Le diré lo que vamos a hacer. Vaya y dele la sorpresa. Si en verdad es su mujer y se sorprende, le creo y lo dejo en paz. Si no, me acompaña a la comandancia para constatar su identidad.

«Mierda», pensó Alfredo.

—No... no puedo, jefe —se limitó a decir.

—Me lo imaginaba. Vamos a sincerarnos: usted está preparando un robo.

—No...

—Las zapatillas, andar a escondidas, todo lo delata.

—Por favor, jefe...

—Es verdad que no parece ladrón. Debe ser un principiante. ¿Se ha quedado sin trabajo? ¿Sin plata? A veces pasa.

—Mi mujer... está con otro.

—¿Cómo?

—Está con otro hombre.

—¿Con quién?

—No lo sé. Por eso la estoy siguiendo. Para averiguarlo.

El policía mostró por primera vez cierto interés. Volteó hacia el bar.

—Qué jodido, ¿ah?

—Muy jodido, sí.

—¿Quiere que lo acompañe a esperarla?

—No, gracias. Está bien, de verdad.

—¿Seguro?

—Completamente.

—¿Y cómo sé que me dice usted la verdad?

En ese momento, Lucy apareció en la puerta del Sushi Bar. Nadie salió con ella. Tomó el camino hacia la casa.

Trabajó toda la noche con el cuaderno de Katy. Estaba lleno de comentarios sobre los chicos y las chicas de la clase. Algunos de ellos lo habían firmado con cosas como «Eres muy especial, no cambies» o «You are my sunshine». Además, tenía soles y estrellas y arco iris dibujados con plumones rosados y amarillos. A Mariana le pareció asqueroso todo. Antes le hubiera parecido tierno. Quiso romperlo pero se contuvo. Tenía un plan.

Buscó en su estuche de lapiceros uno que escribiese igual que el de Katy, aunque había muchas tintas diferentes en esas páginas. Luego practicó en sus propios cuadernos por horas hasta conseguir una letra parecida a la de ella. Era fácil, porque su letra era redonda y alta, orgullosa como su dueña. Escribió por todo el cuaderno frases como: «Hoy, Mariana y yo pasamos un día lindo que nunca olvidaré. ¡I love you so much!» o «Me pregunto si ella corresponderá a mi amor. Me gustaría tocarla y besarla toda», ese tipo de cosas. Las decoró con corazones, flores y besos. A la mañana siguiente, lo llevó a casa de Katy. Esperó a que saliese con Javier, dejó pasar un rato y tocó el timbre. Le abrió la puerta Mari Pili. Tenía los ojos hundidos e hinchados. Como si le acabasen de operar el rostro. O como si hubiese llorado.

—¿Buscas a tu hermano? Está arriba, en la azotea.

—No. Vengo a devolverle su cuaderno a Katy. ¿Está?

—No. Pero dámelo a mí.

Mariana lo ocultó a su espalda y sonrió con timidez.

—No sé si deba. Tiene... muchas cosas... personales.

—¿Que no le pueda decir a su madre? Déjalo. No lo voy a leer.

—¿Lo prometes, tía? Ella se enojaría conmigo, ¿entiendes?

—Claro.

—Gracias. Chau.

Le dio el cuaderno y bajó las escaleras dando saltos. Mari Pili cerró la puerta. Juan Luis tampoco estaba. Para variar. Se sentó en un sillón. Se miró los párpados en la mesa de cristal. Horribles. Se recostó contra el respaldo y abrió el cuaderno de Katy.

Era día de visitas. Jóvenes de cuarenta y cincuenta años desfilaban por el largo salón lleno de sillas donde se exponían sus padres y abuelos como en un escaparate. Algunos de ellos llevaban a sus hijos. El ambiente era agradable y relajado. En una esquina había un televisor. En otra, una enfermera.

Papapa sonrió satisfecho y dejó su maleta en el suelo. No había costado mucho cargarla. Mientras la hacía, se había sorprendido por la poca cantidad de cosas que tenía en el mundo. Un par de calzoncillos, el cepillo de dientes, la bata. Alguna vez, hacía años, había pensado que acumularía muchas pertenencias mientras avanzara hacia la vejez. Se preguntó dónde estarían todos los objetos que habían pasado por su vida. Las cosas que llevaba en el maletín eran sólo sus últimas cosas.

Doris estaba sentada en un extremo. No tenía visitas, pero no parecía notarlo. Seguía con la mirada perdida en el vacío y el tic en la mano torcida. Papapa se le acercó. Se sentó a su lado, le sonrió y buscó algo en su maletín para ofrecerle. Había pensado en comprar rosas, pero hacía mucho que no manejaba dinero, que ningún billete pasaba por sus manos. Ni siquiera sabía cuánto podían costar las flores ni ningún otro objeto. Le ofreció un Gaseovet. Ella no lo tomó.

—Yo sé que no es lo más romántico. Pero es lo único que puedo ofrecerte... aparte de mi cariño.

Ella no se movió. Papapa continuó.

—Creo que ese día, ¿recuerdas? Metí la pata con el fregadero. Yo... sólo quería impresionarte. Quedé en ridículo, ¿verdad? Claro. He tardado algunos años en decírtelo pero... qué son los años para nosotros, ¿verdad?

Se pasó ahí la tarde entera. Le contó su vida, sus pasatiempos, sus programas favoritos, sus miedos. Hasta le habló de su familia. Ya estaba oscuro cuando la última visita abandonó la casa de reposo. Y él seguía ahí. La enfermera se le acercó.

—¿Puedo ayudarlo en algo, señor?

—Sí. Quería un cuarto, por favor. Con vista al jardín.

—¿Perdone?

—Me quedo. Voy a vivir aquí.

Ella sonrió con indulgencia. Todo el mundo lo miraba con indulgencia.

—Es que... no es tan fácil... Habría que hablar con su familia y... prepararle un cuarto...

—No será necesario. Dormiré con Doris.

Se volvió hacia ella con una sonrisa.

—Dejémonos de bobadas, cariño. Nos lo debemos.

La besó en la mejilla. Le pareció que sonreía.

Lucy lo despertó con la tijera de uñas. Estaba acurrucado en el sillón de Papapa, calentito, pero Lucy le agarró las patas delanteras y empezó a cortar. No tenía caso resistirse. El rito del corte de uñas era implacable e inevitable, era una parte de la vida, como las friskies de atún o la arena de la caja. Siempre estaría ahí. Afortunadamente, cuando sólo llevaba un par de uñas cortadas, sonó el teléfono y Lucy lo soltó. El gato se lamió la entrepierna y su pequeña pinguita roja asomó entre los pelos blancos. Mientras Lucy contestaba el teléfono, se acordó de su mamá. Ella solía lamerlo todito, la entrepierna, la espalda, la cara, y luego lo dejaba enganchado a su teta hasta que alguno de sus hermanos lo sacase a empujones. Nunca le cortaba las uñas. Lucy dijo pocas palabras en el teléfono y anotó una dirección. Según parecía, no volvería a molestarlo por el momento. Él se estiró y se reacomodó junto a uno de los brazos. El sillón de Papapa era como su mamá, pero no tan bueno. Se lamió un poco entre los dedos. Lucy tomó una casaca, buscó las llaves y salió corriendo. Durante un instante, el gato se preguntó qué había pasado. Pero luego sus ojos empezaron a cerrarse rápida y pesadamente, hasta que se durmió. En el último instante antes de caer rendido, volvió a sentir el olor.

Sergio y Jasmín pasaron la tarde en la azotea, calculando cómo entrar a la casa del muerto. Si se descolgaba de la azotea al balcón, Sergio podía entrar y abrir la puerta. Para eso tenía que bajar por unas rejas puntiagudas y herrumbrosas. Jasmín dijo:

—No tienes huevos.

Sergio ya sabía que esos huevos no eran los del gato. Se bajó el pantalón para demostrar que sí tenía unos puestos.

—Son chiquitos —dijo ella.

—Tú ni siquiera tienes.

—Sí tengo.

—No tienes.

—¡Sí!

—¿A ver?

Se subió la falda con las manos y se bajó el calzón. Se sentó con las piernas abiertas. No tenía.

—Parece que te los arrancaron, porque ha quedado como un hueco —dijo Sergio.

—Y a ti te ha quedado una cosa horrible colgando.

—Y tú eres estúpida.

—Y tú eres un huevón —había escuchado a Katy decir esa palabra. No sabía lo que significaba, pero seguro que tenía algo que ver con los huevos de Sergio.

Después se pusieron a jugar con los muñecos. Llegaron a un acuerdo. Barbie sería la esposa de Robo-Truck. Cuando él volvía de combatir contra los Tribion y de salvar el universo, ella le cocinaba y le lavaba la ropa. Eran felices, excepto cuando Barbie trataba de besar a Robo-Truck. Entonces, Robo-Truck le disparaba sus puños radiactivos. Cuando oscureció dejaron de jugar. Se quedaron mirando las luces de la residencial a su alrededor. El de Jasmín era uno de los edificios más bajos, y desde la azotea podía verse a las familias agruparse ante el televisor, cocinar, llorar y comer. Abajo, en la vereda, Sergio descubrió al señor Braun. Era el primer fantasma que aparecía dos veces. Y lo estaba mirando a él. Jasmín dijo:

—Mis papis se van a divorciar.

Sergio no sabía lo que era eso.

—¿Es bueno?

—Creo que no.

Sergio sintió el impulso de ponerle el brazo sobre los hombros, como hacía papá con mamá. Lo hizo. Ella empezó a temblar. Luego oyeron gritar sus nombres desde el segundo piso. Papá había venido a buscarlo. Sergio se despidió de Jasmín con un beso en el cachete que él mismo quiso darle.

Por la noche, mientras cenaban, mamá volvió a casa sin Papapa. Según mamá, se negó a irse del asilo y se acostó en medio de la sala de juegos. Dijo que si querían sacarlo tendría que ser a rastras y empezó a ponerse el pijama de franela. Los empleados del asilo se negaron a arrastrarlo. No se vería bien, dijeron. Así que terminaron por prepararle un cuarto, que mamá pagó como si fuese un hotel.

—El abuelo tiene cada ocurrencia —dijo mamá.

Sergio preguntó:

—¿Qué es divorciarse?

Todos se quedaron callados. Mariana habló:

—Cuando los esposos ya no tiran, se separan.

—¡Mariana! —dijo mamá con calma pero con la mirada fija.

Ninguno más supo qué decir. Sergio continuó:

—¿El abuelo se ha divorciado de nosotros porque ustedes ya no tiran?

Alfredo carraspeó, pero la mirada de mamá ahora estaba dirigida hacia él.

—Verás, a veces... los papis y las mamis ya no se quieren tanto... y prefieren dejar de vivir juntos. Eso es divorciarse.

—Ah.

La mesa se calmó. Todos respiraron más tranquilos y comenzaron a comer de nuevo. Hasta que Sergio preguntó:

—¿Ustedes se van a divorciar?

Ninguno de los dos se atrevió a dar una respuesta por un rato. Se miraron a los ojos y luego miraron a sus hijos. Lucy dijo:

—No, cariño. Nosotros nos vamos a querer siempre.

Y sin que Sergio supiese por qué, lo abrazó. Y papá abrazó a Mariana. Y les dejaron llevar la comida al cuarto y quedarse con ellos a ver televisión hasta tarde en su cama. Vieron las noticias y una película. Papá le hacía cosquillas a Mariana. Ella se hacía la fastidiada pero le gustaba. Mamá hizo chocolate caliente y a Sergio se le cayó la taza sobre el edredón blanco recién lavado. Se divirtió tanto que decidió volver a preguntar lo mismo al día siguiente.

Mariana no duró mucho despierta. Vio un comercial en que una chica le hablaba a su toalla higiénica. Le preguntaba si prefería ir a una fiesta, ver a un chico o quedarse en casa. La toalla higiénica, según parecía, quería salir con el chico. Sintió su propia toalla higiénica allá abajo y le pareció una carga muy pesada y pegajosa. Luego comenzó a roncar. Entonces papá los llevó a los dos a la cama y se quedó un rato más en la cabecera de Sergio, hablando bajito.

—¿Dónde escuchaste esa palabra? —le preguntó.

—¿Cuál?

—Divorciarse.

—En la azotea.

—¿En la azotea?

—Ahí estábamos.

—Ah. ¿Y por qué estaban ahí?

—Queríamos ver un muerto.

—Estás viendo uno —dijo Alfredo. No pudo evitarlo.

—No —dijo Sergio cerrando los ojos—. Uno de verdad.

—Ya. Claro.

Ni durante el domingo ni el lunes por la mañana recibió ninguna nota. Empezaba a preocuparse. Parecía que su admirador secreto se había arrepentido o decepcionado de su espectáculo en el Sushi Bar. Se preguntó si seguiría resultándole atractiva. Temió que no. Sólo el lunes por la tarde encontró la siguiente cita. Estaba escrita con lápiz para pestañas en la bandeja del desayuno. La excitó pensar que su admirador había entrado en la casa, tendría que haberlo hecho durante su última visita de la mañana. Esta vez la citaba en la cafetería-juguería Susy. Tenía poco tiempo para asistir. Decía algo más:

Ahora quiero ver sólo tu cara.

Se aplicó crema Shiseido para revitalizar el contorno de sus ojos, que se iban agotando de tanto mirar. Y se puso un poco de Un zeste d'eté en el cuello y detrás de las orejas. El aroma de limón silvestre la hizo sentir fresca. Salió a la calle y, nada más pisar la avenida Gregorio Escobedo, sintió la mirada clavarse en sus hombros. Era una sensación casi física. Se acercó a la cafetería-juguería Susy. No había nadie adentro aparte de una camarera y el hombre de la caja. Lucy entró y pidió un jugo de guanábana. Se lo sirvieron en un vaso grande y cónico con una cañita. Decidió esperar. A los pocos minutos entró un hombre. A Lucy le dio un vuelco el corazón. Supo que era él. No podía explicar por qué, pero lo sabía.

El hombre se sentó en una de las mesas cerca de la puerta y pidió un café con un poco de leche. Abrió un periódico deportivo y empezó a leerlo. No parecía especialmente interesado en ella. Disimulaba bien su perversión. Quizá eso le divertía. Perseguir a una mujer y después sentarse a su lado con aspecto inocente. Leer las noticias de su equipo de fútbol sin mirar a la mujer que se desnuda en los baños públicos por él. Sin quitarle la vista de encima, Lucy siguió bebiendo su jugo. Era blanco y espeso. De vez en cuando, pedacitos peludos de guanábana obstruían el agujero de la cañita. En un momento, el hombre levantó la mirada. Lucy casi se atragantó al verle la cara. No era especialmente guapo ni especialmente feo. Se sintió un poco decepcionada. Esperaba un rostro más característico. El hombre paseó la mirada por el local vacío. Cuando llegó a la barra, sus ojos se cruzaron con los de Lucy. Saludó con la cabeza. Lucy sonrió. Se dio cuenta de que estaba jugueteando con la cañita llevando los dedos de arriba abajo, como si la masturbase. Dejó la mano quieta y se concentró en su jugo. Luego volvió a verlo a él. Había cerrado su periódico y miraba pasar a la gente. Se levantó y se acercó a la barra a pagar. No fue casualidad que se pusiese justo al lado de Lucy. Le sonrió. Lucy no pudo más.

—Eres tú, ¿verdad? —le dijo.

—¿Cómo? —preguntó él.

Ella se ruborizó.

—¿Eres tú?

Él sonrió de nuevo y se acercó un poco más. Los vellos de su brazo casi tocaban los del brazo de Lucy.

—Quizá... ¿Tú quieres que sea?

—No sé. Según cómo seas.

Se rieron. Él pagó también el jugo de guanábana y le preguntó si quería algo más. Ella se negó. Él continuó:

—¿Siempre hablas con desconocidos por la calle?

—Te conozco.

—¿Ah, sí? Quizá te equivocas conmigo.

—Puedo correr ese riesgo.

Se estaba dejando llevar. Dejaría salir las palabras que llegasen a su mente. Sin filtros. Quizá él tenía cierto encanto.

—¿El riesgo es divertido? —preguntó él.

—El que no arriesga, no gana.

—¿Y qué esperas ganar?

—Lo que me puedas ofrecer.

A él, los ojos se le abrieron como platos.

—Voy a... Tengo que esperar a una persona... pero puedo dar un paseo. ¿Quieres venir?

Lucy se preguntó si era chofer o guardaespaldas de alguien. Tenía ese aspecto de criollo listo, blanco pero pobre, que le daba un aire aún más atrayente. Y estaba musculoso, aunque un poco barrigón. En el fondo, ella había querido que él fuese así. Sintió que sus deseos coincidían con los hechos. Se alegró. Lo llevó a conocer su camino secreto a través de la residencial. Él mostró un gran interés.

—¿Vives por acá?

—¡Sabes bien dónde vivo!

—Claro. Te estaba probando. ¿No puedo probarte?

Ella se rió. Él era menos vulgar que sus cartas, pero igual se le escapaba ese aire rufianesco que Lucy disfrutaba. En un momento, al doblar por el estacionamiento del edificio J, la apretó contra la pared de la entrada y la besó. Su lengua parecía más ancha que sus espaldas. Ella se zafó del beso, la podía ver alguien. Casi a rastras, él la metió en el edificio. Ella buscó el cuarto de la instalación de agua. Todos los edificios tenían un cuarto así, húmedo y oscuro. Lo encontraron. Olía mal pero entraron a empellones. El hombre la apretó contra la pared y le mordió el cuello. Lucy dejó escapar un gemido. Soltó el bolso y se colgó de su cuello. Sintió sus enormes manos como ventosas succionando sus nalgas. Sintió sus dientes en el lóbulo y sus labios en el pecho, y la presión de su espalda contra la pared. Luego él la bajó hasta tenerla arrodillada, con la boca a la altura de su bragueta. Y se bajó el pantalón. Ella dijo:

—No...

Pero él ya estaba embutiendo su miembro en la boca de ella. Era mucho más nervudo que el de Alfredo, más gordo, y olía peor.

—No, déjame... —dijo ella.

—Dale, rápido.

Trató de atraer su cabeza fuertemente hacia su vientre. Ella se resistió.

—¡Suéltame!

—¿Qué pasa? ¿No te gustaba?

—No así.

Se acercó a ella. El miembro empezaba a ponérsele rápidamente fláccido. La tomó de los pelos.

—¡Chúpamela!

Chúpamela. Lucy se sintió sucia, impregnada de la humedad del cuarto y del olor de la bragueta de ese hombre.

—¡Lárgate! —gritó.

—¿Me traes hasta acá y me botas ahora? No pues, mamacita. Eso no se hace, ¿ah?

—Lárgate, por favor.

No quería mirarlo a la cara. No quería mirarlo. Él se acercó. Aún tenía el miembro afuera, pero ahora no como un mástil sino como un colgajo fofo.

—Puta de mierda —le dijo. Salieron del cuarto y le volvió a decir, esta vez a gritos—: ¡Puta de mierda! ¡Puta!

Dos ancianos acababan de salir del ascensor. Se quedaron mirándolos. Él no dejó de gritar hasta desaparecer entre los edificios. Ella corrió a casa. En el camino, se le rompió un tacón. No se detuvo a recogerlo. Entró corriendo a casa y corrió al baño. Vomitó. Se arrastró hasta su cama y se tumbó dos horas ahí, con la cabeza contra la almohada, mordiendo las sábanas, en posición fetal. Sólo se levantó una vez para volver a vomitar. Entonces se miró en el espejo. Le pareció que estaba muy sucia y desarreglada. Cogió su bolso mecánicamente para pintarse un poco. En el espejo, había algo escrito con lápiz de labios:

Yo jamás te habría hecho lo que ese maricón.
Yo sólo quiero mirarte.
Mañana. 7.20 p.m. Farmacia San Felipe.

Acarició las letras rojas sobre el cristal, emocionada, segura de que el hombre que las había escrito era una persona realmente maravillosa.

No sabía con qué cara volvería a ver a Gloria ese lunes. No sabía ni siquiera cómo darle los buenos días. Lo habitual en estos casos es fingir que nada ha pasado y dejar que el tiempo se ocupe de borrarlo todo de la memoria, de las manos sudorosas y de las toallas de los baños, hasta que en realidad nada haya pasado. Pensó que lo haría así. Por eso se sorprendió tanto al encontrar el clavel en su escritorio. Y se sorprendió más cuando leyó la tarjeta que llevaba pegada.

Para mi jefe, con afecto y aprecio.

Gloria

Supuso que ella misma querría cerrar ese capítulo como un triste malentendido. Se sintió aliviado. Su secretaria tenía algo nuevo esa mañana. Se había cambiado el peinado y tenía un temperamento nuevo, ligero, casi festivo, que se le contagió rápidamente. Quiso invitarla a almorzar, pero tenía un almuerzo programado con los representantes de la distribuidora para hablar de muchas cosas que a nadie le importaban en realidad. Logró invitarla a tomar un café al salir del trabajo. Y durante el día, casi no bebió whiskey ni fumó. Se sentía limpio.

A la salida, llevó a su secretaria a Larcomar. Aunque la niebla estaba cada día más cerrada, el ventanal del café daba al mar. Su color se confundía con el del cielo. El límite entre ambos era borroso, como el límite entre Gloria y Alfredo. Y a pesar de su tranquilidad, sintió que el gris lo estaba invadiendo todo. Hablaron del presupuesto bimestral y del posicionamiento del producto. Luego se hizo entre ellos un silencio largo y espeso como el cielo. Bajaron los ojos hacia sus tazas ya vacías. Y luego trataron de romper el silencio los dos al mismo tiempo.

—Yo...

—Sobre lo de...

Rieron. Alfredo retomó:

—Quiero agradecerte que no te hayas enojado conmigo. Fui... un poco torpe y...

—No importa. De verdad. Más bien, fue halagador.

—Pensé que te había asustado.

—Al principio sí. Pero fue halagador. Hacía mucho que nadie...

—Comprendo.

Se dio cuenta de que se estaban tuteando. Gloria era simpática, y sus ojos tenían más vida ese día. Le ofreció llevarla a su casa. Caminaron hacia el auto por el borde del acantilado, con el mar a sus pies. Él se sintió bien. De tanto estar encerrado en la residencial, había llegado a olvidar que vivía en una ciudad con mar. Pensó que era un buen momento para contarle que sólo le quedaban seis meses, cada día un poco menos. Seis meses es muy poco para ver lo suficiente el mar. Ella dijo que tenía frío.

Él pasó su brazo por sus hombros para abrigarla. Creyó que así crearía un clima de intimidad. Cuando volteó a hablarle, encontró su boca muy cerca de la suya. Sintió el calor de su respiración y el latido de su corazón, como si sonase más fuerte que las olas. Se besaron. Fueron a un hotel de la avenida Comandante Espinar. Se registraron como Juan Luis y Mari Pili Parodi.

En la habitación, ella empezó a desnudarse como si pelase una fruta, descubriendo las partes que hasta entonces él sólo había adivinado. Llevaba unas medias altas como pantalones transparentes por encima del calzón. Antes de quitarse la ropa interior, se detuvo.

—No sé si esto está bien.

Él tampoco lo sabía. La atrajo hacia sí en un abrazo. Aún quería simplemente hablarle. Ella lo abrazó muy fuerte. Él la besó. Le acarició la espalda. Ella se terminó de quitar la ropa interior. Su cuerpo era como lo había imaginado, pero estaba recubierto de un halo especial esa tarde. Le gustó. Besó sus partes una por una. Todo parecía natural, no debía haberse hecho ninguna operación. Cuando empezaba a acostarse sobre ella, sintió un espasmo de nervios en Gloria. La tranquilizó.

—Tengo miedo de lo que puedas pensar de mí —dijo ella.

No quería resultar demasiado fácil. Él le dijo que no tenían que hacerlo. Que nunca fue ésa su intención. Que no quería que ella se sintiese obligada a nada. Le pidió que se vistiese. Él sólo se había quitado los zapatos. Empezó a anudarse los pasadores de nuevo. Ella se había quedado rígida, muy quieta en la cama, como una muerta.

—Yo quiero hacerlo —dijo de pronto.

Él trató de resistirse, pero ella empezó a desvestirlo rápidamente. Alfredo pensó que quizá demasiado rápidamente. Lo montó sobre ella con cierta desesperación, la natural prisa de uno cuando se acuesta por primera vez con una persona y no quiere perder la excitación por los nervios. Alfredo no pudo detenerla. Mientras ella le desabrochaba la camisa, olió su aliento. Aún se sentía el olor del café. Trató de negarse a seguir. Ahora ella estaba desabrochándole el cinturón. Él pensó en las sábanas. Había ido antes a ese hotel. Pero las sábanas de esta tarde eran horrorosas. Se preguntó si podría llamar para cambiarlas. Ella se acostó y lo arrastró encima de su cuerpo. La tuvo que besar en el cuello. Había varias arrugas ahí. La besó en el pecho, encima de un crucifijo que colgaba de una cadena de plata. El Cristo de su pecho sangraba y lo miraba con conmiseración. Oyó su respiración agitada. Se miró entre las piernas. Aún llevaba puesto el calzoncillo. Pero no había ningún bulto en su parte frontal. Se frotó contra ella con más fuerza, deteniéndose sólo para ver si el movimiento hacía efecto. Trató de pensar en revistas pornográficas, en el culo de Mari Pili, hasta en Lucy, a ver si conseguía excitarse. Logró excitar su cabeza, pero su cuerpo no reaccionó. Su piel parecía de plástico. Aumentó la intensidad y la lujuria de sus caricias. Tomó la mano de ella y la llevó hacia el calzoncillo. Vio el teléfono. Pensó llamar al servicio de habitaciones y pedirles una erección. Se detuvo. Ella también se paralizó. Él cerró los ojos y se apartó de ese cuerpo.

—Lo siento —dijo.

—No importa —dijo ella—. No te preocupes. Es normal.

En ese mismo instante, Alfredo se dio cuenta de que no entendía por qué estaba ahí. Quería que ella abandonase la habitación de inmediato. Pero habría sido poco cortés decir algo así. Además, ella quería hablar. Le contó de sus dos matrimonios y de algunos amantes que había tenido en los intermedios. Después del segundo divorcio, había decidido olvidarse de los hombres. Ella creía en el amor profundo y verdadero. Los hombres no. Alfredo trató de poner un poco de atención en lo que ella decía. Los hombres hablan antes de hacer el amor, pensó, las mujeres después. Ella quería jugar. Se sentó sobre él con los pechos colgando sobre su cabeza. Él pensó que alguna de esas tetas podría caerse y hundirle el cráneo.

—¿No me vas a despedir entonces? —dijo ella.

—¿Cómo? Ah, no. Nunca se me ocurrió algo así.

—¿De verdad?

—De verdad.

—Lo sabía. No eres esa clase de tipo, ¿verdad?

—No soy un tipo de ninguna clase.

—Eres sensible.

Empezó a acariciarle los vellos del pecho. Tenía apenas unos diez o veinte.

—¿Te parezco sensible?

Ella se encogió de hombros.

—Me pareces triste. A veces me parece que estás muy triste.

Le acarició la cara. Él sólo se dejaba hacer, sin participar. Pidió café y sandwiches mixtos al servicio de habitaciones mientras ella jugueteaba con el teléfono y sus tetas. Después de comer, Gloria trató de excitarlo de nuevo: bailó un poco desnuda, trató de meterlo a la ducha.

Alfredo se sentía cada vez más incómodo. Fue correcto en todo momento y se deshizo de ella con ciertos gestos de cariño. Se vistieron y la llevó a su casa. Ella se veía muy contenta y él se sentía un desastre. Pensó que era el momento de contarle su situación, su enfermedad, sus seis meses. A fin de cuentas, de eso se trataba todo en un principio, de poder decírselo. Pensó que ahora que habían intimado podría hacerlo. Ella vivía en San Miguel. Cuando el auto se detuvo, ella lo besó en la esquina de los labios.

—Así me besaba mi primer novio —le dijo.

—Gloria, hay algo que no te he dicho...

—Muchas cosas.

—Sí.

Clavó sus ojos en los de ella. En su interior, vio una honda comprensión, casi un sentimiento maternal.

—Sí. Ya te las iré diciendo —dijo finalmente con la mejor sonrisa que pudo fingir.

Ella bajó del auto y se despidió con la mano. Él dobló la esquina buscando la salida a la avenida Universitaria. No podía contarle cosas a Gloria. Inesperada y repentinamente, ella se había vuelto como parte de la familia.

Durante todo el día, sintió las miradas de odio que le dirigía Katy. Eran como cuchillos. Pero sólo le hacían cosquillas. Ni siquiera se dignó voltear a recibirlas ni responderlas. Katy, para Mariana, no existía más.

Cuando sonó la campana del recreo, todas las chicas salieron corriendo, como siempre. Mariana esperó a que saliese Katy para ponerle una zancadilla. Ella cayó de cara contra el piso e hizo tropezar a dos más que cayeron sobre ella. Mariana siguió caminando como si no se hubiese dado cuenta. Después le dijo a Fiorella que Katy la había llamado ruca. A Verónica le contó que Katy se había agarrado a Emilio mientras ella era su enamorada. A Miguel le dijo que Katy se había burlado de él cuando la invitó a la fiesta de fin de año. A él le dijo que no podía ir porque no tenía permiso, pero a sus espaldas lo llamó piojoso y juró que no iría con él ni a un baile de disfraces. A la profesora Ana Paula le dijo que comparase sus exámenes de Literatura, porque Katy la había obligado a que la dejara copiarse. Y a Luismi le dijo que Katy había corrido la voz de que era maricón.

A la salida de las clases, Mariana pasó por el baño para tomar un poco de agua. Katy la había estado esperando. Se le acercó:

—¿Qué mierda te pasa, cojuda?

Mariana ni se inmutó.

—¿Qué me pasa con qué?

—No te hagas la idiota.

Sólo entonces levantó la cabeza y la miró a los ojos. Katy tenía la mirada fruncida y su pelo rubio destacaba la rigidez de su mandíbula. Estaba apretando los dientes. Mariana la odió un poco más.

—No me hago. Soy un poco idiota. ¿Te acuerdas?

—¿Por qué me estás haciendo esto?

—Una tiene que probar de todo.

Mariana se secó la cara con el revés de la mano y trató de salir. Katy le bloqueó el paso.

—¿Quieres que te pegue? ¿Eso es?

—¿Te atreverías?

—Te reventaría la chucha a patadas.

Mariana se levantó la falda escolar, dejando ver sus calzoncitos infantiles de flores.

—Dale —dijo—. Reviéntame.

—¡Eres una tortera de mierda!

—¿Qué has dicho?

—¡Que eres una lesbiana de mierda!

—Cállate, Katy.

Lo dijo en voz baja, con la cabeza gacha. No quería oír más. Sólo quería irse.

—¡Que estás celosa de que yo les guste a los chicos porque tú no les gustas ni a las mujeres!

—Katy, basta.

—Que estás enamorada de mí y no te hago ni puto caso. Te gustaría, ¿verdad? Te gustaría que te tocase la chucha aunque fuera de una patada. ¡Tortera!

—¡Cállate!

No pudo más, arrojó sus libros al suelo y se abalanzó sobre Katy. La cogió de los pelos y la arañó en la cara. Katy le devolvió algunos arañazos y luego le golpeó la cabeza contra la pared. Se formó una multitud alrededor de ellas. Había hasta algunos hombres que habían entrado al baño atraídos por la pelea. La mayoría estaba con Katy. Katy era más fuerte. Cogió del pelo a Mariana y la tiró al suelo. Se sentó sobre su pecho y le sacudió la cabeza de los pelos. Mariana no pudo defenderse. Trató de patearla, pero no la alcanzó. El pelo y la rabia no le dejaban ver bien. Katy abrió la puerta del water, la arrastró hacia dentro y, con la ayuda de dos amigas, trató de meterle la cabeza en la taza. Ella se sostuvo de los bordes. Sus gritos se perdían entre la maraña de chillidos en su contra. Sintió que le hundían las uñas en el cuello. Cuando estaba a punto de dejar de resistir, las chicas advirtieron que se acercaba una monja y el grupo se dispersó. Dejaron a Mariana arrodillada ahí adentro, cubierta de escupitajos. Le sangraba la nariz. Tenía la mano llena de pelos propios y ajenos. Se levantó con trabajo y se lavó la cara. Se peinó. Le dolía todo el cuerpo. Por suerte, al menos el water estaba limpio. Se limpió la sangre, los mocos y las lágrimas. Acabó de llorar y alisó su uniforme un poco con las manos. Hervía por dentro. Katy se había buscado la peor de las venganzas.

Salió del baño y fue al estacionamiento. Se acercó al carro de Javier. Él tenía la música puesta a todo volumen y, como siempre, un coro de imbéciles lo rodeaba. Mariana decidió no perder demasiado tiempo con ellos. Se sentó directamente en el asiento del copiloto y dijo:

—Qué bonito tu auto.

—Agarra doscientos en cinco minutos.

—¿Y tú? ¿En cuánto tiempo?

Javier era más lento que su auto, pero no tanto. La llevó a Larcomar y se estacionaron un rato ahí, frente al acantilado. Javier habló de autos durante una hora y media: pistones, sistemas de suspensión, amortiguadores, carrocerías. Comparó todos los autos del mundo con el suyo y todos salieron perdiendo. Afortunadamente, tenía huiros. Mientras fumaba, Mariana pudo olvidar por algunos minutos la repulsión que le inspiraba. Después le pidió unas cervezas. Él podía pagarlas. Siempre tenía dinero y podía pagar todo. Compró un six pack y dijo que no se veía nada del mar. Le ofreció ir a beberlo abajo, en el circuito de playas. Bajaron en el auto. En Punta Roquitas, Javier dijo que ahí corría olas y le tocó la pierna. Ella no se resistió. Casi ni hablaba. En Redondo, más adelante, dijo que ahí iba a veces con algunas de sus novias. Y le dio un beso pegajoso y baboso.

—¿A Katy la has traído acá?

—¿A Katy? No. No me la he cachado nunca. No se deja, pues. Es tranquila esa huevona.

Tranquila, sí. Ya cerca del Regatas, Javier estacionó y empezó a meterle la mano bajo la blusa. Mariana se preguntaba cuánto tiempo más podría aguantar.

—Aquí no —dijo—. Vamos cerca de mi casa.

—¿Cerca de tu casa?

—Aquí me da miedo.

—¿Qué te da miedo?

—Tirar. Aquí.

Javier le dijo que la llevaría a donde quisiera. Fumaron otro huiro en el camino porque Javier dijo que así se sentía mejor. Acabaron en el estacionamiento de la última etapa de la residencial.

—¿Aquí? —preguntó Javier al apagar el motor—. Pero nos puede ver cualquiera.

—Nadie mira —dijo ella. Miró su reloj. Eran las nueve y veinte. Katy salía de su clase de inglés a las nueve y media. Tragó saliva. Javier empezó a manosearla sin más preámbulos. Trató de bajarle los tirantes de la falda. Ella dijo:

—Espera.

—¿Qué pasa?

—Quiero otra cerveza.

—Ya las acabamos.

—Quiero otra.

—¿Tiene que ser ahora?

—¿Tienes que ser tan imbécil? No voy a darte ni las gracias si no tengo otra cerveza.

Javier bajó del auto furioso y cerró de un portazo. Mariana se quedó sola esperando. Pensó en salir del auto y correr a casa. Él volvió quince minutos después con otro pack.

—Le he dado toda la vuelta a la residencial. Has debido venir conmigo.

—Olvídalo —dijo ella. Ni siquiera probó las cervezas. Él se sentó y la jaló hacia sí. Volvió a los tirantes y le palpó las piernas. Ella lo contuvo un poco, mientras tomaba la decisión. Aún estaba a tiempo. Fue entreteniéndolo con su sostén y sus calzones, que ya no se veían tan infantiles. Había bebido demasiado. Había fumado demasiado. Javier sacó un condón y le pidió que se lo pusiera. Ella lo hizo. Al principio no sabía cómo, pero fue comprendiendo. Las cosas parecían ocurrir en una película lejana, al margen de su voluntad. Él abrió su blusa y le besó los pechos. Apestaba a alcohol y tabaco. Ella lo mordió y aguantó su saliva encima de ella por un tiempo que le pareció años. Javier no besaba, lamía. Parecía creer que tirar era algo que se hacía con la lengua. Mariana vio a Katy aparecer en una esquina. Cerró los ojos. Quería irse. Le pareció que Javier se agitaba con mucha fuerza, moviendo el auto entero. Sintió por dentro un desgarro. Gritó de dolor. Le clavó las uñas en la espalda. Quiso sacárselo de encima, pero no podía. Pesaba demasiado y el dolor en su interior era muy fuerte. Ardía. Sintió que algo la quemaba desde el vientre hasta el estómago, como si le inyectasen fuego. Javier duró treinta segundos.

—¡Guau! —le dijo después—. Mariana, estás... muy buena.

Mariana se sintió como horas antes, al salir del water. Pero peor.

—Cállate, estúpido —respondió. Se lo quitó de encima con un empujón y le quitó, prácticamente le arrancó, el condón. Lo encontró desagradable al tacto. Lo anudó por la salida para que el semen no escapase y lo guardó en uno de sus sobres de Hello Kitty.

—¿Qué haces?

—He dicho que te calles.

No quería hablar mucho porque se le escaparían las lágrimas. Se acomodó la ropa de nuevo y bajó del auto. Javier aún tenía el pantalón abajo.

—¡Espera! ¡La cerveza!

—Tómatela.

Cerró de un portazo en la cara de Javier. Caminó hasta la vereda y sacó un papel de su bloc. Tomó su lapicero de The Ponys y escribió: «Si le ofreces a alguno tirar, no importa cómo seas. Dirá que sí». Guardó la nota y el sobre con el condón en otro sobre más grande. En el destinatario, escribió el nombre de Katy escrito con esmalte de uñas negro. Fue a su edificio y esperó que alguien abriese la puerta para colarse. Subió al segundo piso y dejó el sobre apoyado contra la puerta de la casa.

Ya en su casa, fue al baño y se quitó el pantalón y el calzón. Se lavó la chucha. Luego recordó que él la había lamido toda y un escalofrío recorrió su cuerpo. Tomó una ducha entera, caliente, humeante, y se pasó el jabón por todas partes. Descubrió muchos moretones. Mientras el agua se llevaba los líquidos de Javier, observó su toalla higiénica. Estaba toda manchada de sangre. Recordó que el condón también tenía sangre. Y no eran sólo tres gotas.

Esta vez, el olor era irresistible. Hacía tiempo que no lo sentía con tanta intensidad. Había tratado de olvidarlo, se sentía seguro, era dueño de la alfombra y del sillón de Papapa. Hasta que el olor volvió para penetrar por cada poro de su piel, por cada pelo de su cuerpo.

Se pasó todo el día dando vueltas de arriba abajo de la casa. Orinó en la sábana de Lucy y en el sofá. Tumbó los elefantes y las tazas de cerámica. Se encaramó en la ventana tratando de distinguir de dónde surgía el aroma. Parecía venir de todas partes, transmitido por la niebla. Finalmente, se instaló al lado de la puerta. Trató de huir cuando llegó Lucy, pero ella cerró la puerta de golpe. Trató de huir cuando llegó Alfredo, pero él lo llevó de regreso a la casa a pesar de sus protestas. Finalmente, cuando Mariana volvió a la casa, él no desperdició la oportunidad. Saltó hacia fuera al oír el sonido de la llave. Ella ni siquiera notó su salida. Él bajó por las escaleras sin marearse. No sabía hacia dónde se dirigía. Pero el perfume lo arrastraba, lo guiaba suavemente, primero hacia abajo, hacia la calle, después al otro lado del edificio. El olor parecía venir de muy lejos y atravesar kilómetros de edificios y jardines hasta llegar a su nariz. Sólo después de recorrer la distancia más larga de su vida, el gato encontró su fuente.

El olor provenía de una gata atigrada blanca y negra que se frotaba contra un caño de riego en un jardín. Ella lo provocaba entre ronroneos y gemidos y apretaba los cuartos traseros contra cualquier superficie puntiaguda que encontraba. El gato la detectó y acechó como si fuera una presa de caza, pero con más interés del que les dedicaba a las moscas y cucarachas que aparecían a veces en la cocina. Era la primera vez que veía a una gata que no fuese su pariente. Era hermosa. Olía hermoso. Pero no estaba sola. Un persa cruzado le maullaba mientras veía con lascivia cómo se sobaba contra el frío metal. Primero habría que vencerlo a él. No lo dudó. Se acercó a su rival a pecho descubierto. Midieron sus fuerzas con algunos gemidos de advertencia. El persa tampoco parecía haber salido de casa jamás. Sus amenazas parecían gemidos para pedir comida. La gata los observaba, seguramente orgullosa del combate que se libraba por ella, lista para el vencedor. El persa saltó primero. El gato lo recibió con las patas delanteras y logró morderle el cuello. Luego contraatacó saltando sobre su cola cuando el otro intentaba replegarse. El chillido del persa fue estremecedor. Cuando volteó, le lanzó un zarpazo que podría haberle sacado un ojo, pero el gato reaccionó a tiempo y bloqueó su ataque a la vez que devolvía un mordisco en la pata. Se trenzaron, rodaron por el suelo, se arañaron. El gato supo para qué servían las uñas que llevaba cortadas y lamentó no tenerlas. Pero no cedió. La batalla duró quince minutos y le dejó una herida al final del lomo y un arañazo sangrante en la nariz. Pero en el último asalto, logró capturar la cabeza de su enemigo entre sus patas y comenzó a morderle la cara, hasta hacerlo huir. Se volvió. Ahora tendría que enfrentar a su último escollo: la gata.

Saltó sobre ella, pero la gata huyó. Tuvo que correr a pesar de sus heridas. Volvió a rodear la residencial entera. Finalmente, logró saltarle sobre la cola y capturarla, pero entonces ella se dio vuelta y lo rechazó de un zarpazo. Viéndose acorralada, se arrimó contra una esquina, amenazante. El combate volvió a comenzar, pero esta vez de otro modo. El gato trataba de atacar por la espalda. Ella chillaba y se negaba mientras él trataba de mantenerla quieta forzándola con las patas. Después de un largo forcejeo, logró mantenerla en su sitio lo suficiente, pero ahora tenía que hacer un fino trabajo de puntería que no era fácil con un blanco móvil. Siguió intentándolo. Consumar el ataque fue una operación compleja que requirió más tiempo que todos los prolegómenos. Pero llegó al objetivo. Ya ahí, se meneó por unos segundos y sintió un placer inmenso, un placer como el de acurrucarse ante la teta de mamá pero mucho mejor, mucho más intenso, único, un placer cálido como la alfombra del baño y mullido como el sillón de Papapa. Pensó que la aventura había valido la pena. Todo el proceso duró tres segundos y medio.

Inmediatamente después, la gata dejó escapar un brutal aullido de dolor. Cuando él creía que todo había terminado, ella se dio vuelta y le arrasó la cara de un zarpazo. Lo mordió en el cuello y en el lomo hasta dejarle más surcos de sangre, y se ensañó con las heridas que ya tenía hasta abrirlas al doble de su tamaño. Estuvo a punto de vaciarle el ojo. Para cuando el gato tuvo tiempo de reaccionar, la gata ya lo perseguía en el límite de la residencial. Y cuando lo alcanzaba, no lo dejaba ni siquiera respirar antes de hundirle las uñas o los dientes. Era mucho más fiera que el macho, y estaba de peor humor también.

Corrieron hasta llegar a un camino con autos. El gato sabía que era peligroso cruzar, pero también era peligroso quedarse del otro lado. Sin mirar a los lados, se lanzó a cruzar la calle. Oyó algunos bocinazos y sintió la velocidad de las ruedas zumbándole en los oídos. La velocidad del aire parecía tragarlo. Casi le pasó por encima una camioneta. Cuando llegó al final de la calle, se detuvo. No podía más. No correría un centímetro más. Esa gata podía matarlo si quería. Aun así habría valido la pena. Se volvió para ofrecerle su cuello, su pecho, su vida.

La gata se había quedado del otro lado, olisqueando la pista para ver por dónde podía cruzar. Lo miró de lejos con desprecio y le maulló desafiante. Le dio la espalda y se perdió entre los edificios. El gato estaba fuera de peligro. En cuanto se vio a solas, se sentó a recuperar el aliento y lamerse las heridas. Muchas de ellas estaban en lugares que no alcanzaba con su lengua. Gimió. Pensó que ya volvería a encontrar a esa gata, y entonces se la tiraría de nuevo y la mordería hasta que aprendiese a respetarlo. Luego comprendió que lo primero que debía encontrar era el camino a casa. No tenía idea de dónde estaba.

El domingo, Papapa durmió en el cuarto 240. El administrador había decidido colocarlo en la peor habitación del asilo para deshacerse de él. Sobre su cama había una gotera en medio de una enorme mancha de humedad. Y no tenía ventanas ni baño privado. Sus compañeros de cuarto, uno alto y gordo y otro enano y gordo, se presentaron:

—Buenas noches, me llamo Guillermo y estoy mal de la próstata.

—Eugenio. Hemorroides. Encantado. ¿Tú de qué sufres?

—De amor —respondió Papapa.

—Qué pena —dijo Guillermo—. Si estuvieras mal de la próstata podríamos intercambiar medicinas. Él es Sinesio.

Sinesio era flaco y bajito. Tenía cara de amargado. Ni siquiera volteó a saludar. Se pasaron la noche despiertos hablando de cólicos renales y problemas circulatorios. Papapa descubrió que llevaba años sin tener una conversación. Todas las personas con las que podía tenerlas se habían muerto. Y en casa le daba pudor. Pero Guillermo y Eugenio eran simpáticos. Y Sinesio también, a su manera, aunque no hablaba. Les sorprendió saber que Papapa estaba ahí voluntariamente y que no quería salir. Ellos odiaban su cuarto, pero sus hijos no querían pagar más.

A la mañana siguiente, Papapa volvió a ver a Doris. Estaba en la cola de las pastillas. La llevaba una enfermera. Papapa se ofreció a llevarla. Le contó de sus compañeros de cuarto, de sus esperanzas con ella, le aseguró que sus intenciones eran serias y compartió sus pastillas. Pasaron la mañana juntos, paseando por los jardines. Trató de almorzar con ella, pero descubrió que los comedores de hombres y mujeres estaban separados. Comió con sus amigos: caldo de pollo y flan.

—Qué asco —dijo Eugenio.

—Se supone que es comida sana y blanda. Es buena para las encías y para los parásitos.

Guillermo levantó un hueso de pollo de su plato:

—Seguro que sí. Ni los parásitos pueden vivir con esto.

Sinesio no dijo nada. Pero todos sabían que estaba de acuerdo.

Después del almuerzo, el administrador llamó a Papapa aparte. Le habló con suavidad y modales amanerados:

—Bien, ya sabe usted cómo se vive aquí.

—Sí. Es horrible.

—Bueno, hacemos lo que podemos. Si no le gusta, quizá quiera que le llame a un taxi.

—Oh, no. Me voy a quedar aquí.

—Ah.

—No puedo dejar a Doris sola en este lugar. Se moriría de tristeza.

—Entonces... será necesario que su familia... que su familia respalde su decisión.

—Soy mayor de edad. Me respaldo solo. Pero gracias por su interés.

Y abandonó la oficina llevándose un periódico. Durante el resto de la tarde, los empleados trataron de llevarlo hasta la puerta con engaños, pero no cayó en ninguna de sus trampas. Incluso llegó un punto en que pareció que usarían la fuerza, pero él se arrojó al suelo y empezó a gritar:

—¡Aaaahh! ¡Aaaaah! ¡Mi pierna! ¡Me he desgarrado un tendón! ¿Cómo van a echarme así?

Algunas de las visitas quedaron horrorizadas por el maltrato a los internos, y el administrador tuvo que pedirle públicamente a sus empleados que tratasen a Papapa con el mayor respeto. Esa noche volvió a dormir con los demás. Había empezado a llamarlos «los muchachos». Usó el periódico del administrador para que las gotas del techo no le cayesen directamente sobre la almohada. Esta vez habló con sus compañeros de borracheras memorables y de la posibilidad de jugar dominó. Sinesio siguió sin decir palabra, pero apoyó activamente todo lo que decían. Papapa sintió algunos tirones en la espalda, pero en general durmió bien. El martes por la mañana volvieron a invitarlo a abandonar el asilo. Él volvió a negarse y se reunió con los muchachos para desayunar: yogur natural, jugo y café sin cafeína.

—Este café me duerme —comentó Guillermo—. ¿También es para los parásitos?

—Sí —respondió Eugenio—. Para que crezcan sanos y fuertes.

Papapa planeaba ir a ver a Doris. Había guardado su jugo para llevárselo a ella. Salió del comedor y se dispuso a cruzar la glorieta central, cuando vio a dos de los empleados apostados a los lados de la puerta del pabellón, como dos vigilantes. Eran dos de los empleados más grandes, además. Sospechó que esos movimientos poco usuales tenían que ver con él. Cambió de ruta hacia el baño para disimular, pero en la puerta del baño había otros dos. Y las puertas de salida del asilo estaban abiertas de par en par. Siempre estaban cerradas para evitar las corrientes de aire. Papapa comprendió. Retrocedió antes de llegar a la puerta del comedor y se volvió a sentar con sus amigos. Ellos continuaban comentando el desayuno. Ahora hablaban del yogur. Papapa estaba tan triste que guardaron silencio al verlo.

—Se acabó —dijo—. Me van a sacar.

Los demás no querían que se fuese. Minutos después, Sinesio salió del comedor hacia el baño. Los centinelas seguían ahí. Caminó lentamente hacia ellos con su cara de amargado y sin decir una palabra. A la mitad de camino, de repente, se llevó la mano al corazón, empezó a temblar y cayó al suelo. Por primera vez trató de articular palabra, pero parecía que sus músculos no querían acompañar el esfuerzo. Los que estaban en la puerta del baño se acercaron a ayudarlo, y los demás fueron a buscar equipo médico. Sinesio convulsionaba en el suelo. Se formó un grupo a su alrededor. Papapa, Eugenio y Guillermo no estaban en el grupo. Salieron del comedor y cruzaron la glorieta hacia la sala de visitas. Cerraron la puerta y, entre los tres, empujaron el mueble del televisor para bloquearla. Luego trabaron las ventanas usando palos de escoba ama-

156

rrados con tirantes. Después de cerrarlas definitivamente, pegaron en ellas carteles que decían: zona liberada. Cuando todo quedó listo, Sinesio se levantó de la camilla donde lo habían colocado, gruñó para que los enfermeros lo dejasen en paz y se fue a su cuarto. No dijo una palabra.

Por la tarde, mientras Alfredo volvía a invitar a Gloria un café, el administrador llamó a Lucy para pedirle que se llevase a Papapa. Lucy llevó alfajores y le prometió un aguadito de pollo si volvía a casa. Papapa rechazó los alfajores debido al azúcar y el aguadito, por la sal. Negociaron todo eso con la puerta de por medio. Finalmente, Lucy dijo que quería entrar y verle la cara mientras le hablaba. Papapa aceptó sólo con garantías de que los empleados no aprovecharían la confusión para echarlo. El administrador lo prometió y Papapa dio orden de retirar el televisor de la puerta. Cuando Lucy entró, encontró dos carpas hechas de manteles y sillas.

—Esta noche acamparemos ahí —dijo el abuelo mientras le ofrecía una escupidera invertida para que se sentase. Se veía fuerte. Hasta su piel se veía menos seca y arrugada que de costumbre.

—Papapa, ¿qué estás haciendo?

—Me estoy mudando.

—¿Acá? —Lucy puso cara de asco—. ¿Rodeado de todos estos...?

—¿Todos estos qué? —dijo Guillermo.

—No se está tan mal acá —replicó Eugenio—. Si tienes el control remoto del televisor, es un buen lugar.

Lucy trató de acomodarse en la escupidera, pero se iba para un lado. Trató de recuperar la compostura, aunque en los últimos días no le había resultado fácil.

157

—Papapa, ¿te hemos hecho algo? ¿No estás contento con nosotros? Somos tu familia.

Papapa le alcanzó un cojín para hemorroides en forma de dona, para que estuviese más cómoda. Con aire de galán de película, encendió un cigarrillo, pero inmediatamente empezó a toser. Tardó varios minutos en recuperarse. Luego dijo:

—Creo que es hora de que se emancipen de mí. Llega un momento en la vida que es así. Es duro, lo sé.

A Lucy no se le ocurrió qué responder. Supuso que era una crisis. Cualquiera puede tener una. De cualquier manera, no se sentía con fuerzas para discutir.

—Mariana te envía muchos recuerdos. Y Sergio hizo esto.

Lucy sacó un papel de su bolso y se lo alcanzó. Era un dibujo en el que Sergio aparecía con los abuelos y el gato. En el dibujo, Papapa llevaba falda y la abuela tenía tubos de hospital colgándole de la nariz. El abuelo se conmovió.

—Ese chico va a ser pintor —dijo. Se le habían suavizado las facciones—. ¿Y tú? ¿Cómo estás?

—Bien, bien. La casa está tranquila sin ti. Demasiado.

—¿Y Alfredo?

—Bien. El domingo salió a hacer ejercicio. Eso es bueno, supongo.

—Supongo.

Hubo un silencio embarazoso, durante el cual ambos trataron de recordar si Papapa era padre de Lucy o de Alfredo. Llevaba mucho tiempo en casa. Demasiado. Finalmente, Papapa volvió a hablar.

—Voy a... necesitar Gaseovet. Si salgo a comprarlo, no me dejarán volver. Pero si no lo compro, mis compañeros de cuarto sufrirán mucho.

—Anoche fue espantoso —dijo Guillermo.

—Estuvo a punto de matarnos a todos de asfixia —dijo Eugenio.

—¿Lo intentarás? —preguntó el abuelo. Parecía un niño con dos guardaespaldas.

Lucy sólo atinó a asentir con la cabeza.

—¿Estás con nosotros? —el abuelo no le quitaba la vista de encima.

—¿En qué?

—En lo que sea.

Lucy miró a los otros dos viejos. Ahora estaban peleando por el control remoto.

—Se han vuelto locos. Están todos locos.

—Entonces, haz algo más, ¿podrás?

Esta vez, al ver la resolución de Papapa y el rubor que habían tomado sus mejillas, Lucy tuvo miedo de aceptar. Pero aceptó. Minutos después, Papapa esforzaba su columna para deslizar un papel bajo la puerta. Era un documento en el que declaraba a Lucy rehén del grupo y ofrecía un canje por Doris Rabanal. El administrador se puso furioso. Empezó a gritar y dar porrazos a la puerta.

—Señora Ramos, salga de ahí inmediatamente.

Papapa había anotado lo que Lucy debía decir. Estaba lleno de faltas ortográficas, pero se entendía. Ella leyó:

—¡No me dejan salir! ¡No sé qué planean! Por favor, cumplan con todas sus exigencias —y luego, más bajito—, Papapa, yo no puedo decir esto.

—Sssshhht —dijo Papapa.

—Señora Ramos, ¿se ha vuelto loca? Salga o entraremos.

Papapa le dio otro papel a Lucy. Ella leyó en silencio y dijo:

—Esto es ridículo —pero ante un gesto de Papapa, leyó en voz alta—: ¡No, por favor! No corran riesgos. Están armados hasta los dientes.

Uno de los viejos se quitó los dientes entre risas. Papapa les hizo señas de que se riesen más bajito, para que no se notase. Lucy no pudo evitar reír también. El administrador siguió gritando un rato. Papapa dijo que llamaría a su hijo que era periodista para que viniese a cubrir la situación si no se satisfacían sus demandas. También dijo que, si aceptaban el canje, saldrían al día siguiente por la mañana sin exigir nada más a cambio. El administrador se negó a ceder a sus chantajes. Pasaron dos horas. Ninguna de las partes cedió. Las visitas empezaron a acumularse en la puerta de la sala preguntando qué ocurría. Tras enterarse de que había un motín en el asilo, cuatro familias retiraron a sus ancianos de la casa de reposo. El administrador llamó a su asistente y le preguntó:

—¿Quién es Doris Rabanal?

—Está en el 360.

—¿Tiene visitas?

—No. Nunca.

—Tráela.

—¿La vamos a meter ahí?

—¿Tú qué crees?

—¿No deberíamos llamar a su familia?

—Claro. Y que traigan a los periodistas con ellos, ¿verdad? Mete a la gente en sus cuartos, ahuyenta a las visitas. Que no la vean. Pero tráela ya.

Llevaron a Doris a la sala de visitas. Antes de salir, Lucy se despidió de sus tres compinches con besos, abrazos y risas. Hacía mucho tiempo que no se reía tanto. Al cruzarse con Doris, le pareció una mujer guapa. Quizá un poco tímida. Daba igual. Esa noche, por primera vez en muchos años, Papapa pasaría la noche bajo el techo de una carpa con un cuerpo caliente al lado. Tendría que cerrar bien las cortinas para evitar las miradas indiscretas de los amigos, pero sabría arreglárselas. Mañana, quizá, su nueva familia lo aplaudiría al salir. Sin saber por qué, Lucy salió relajada y aliviada del asilo. Siguió así hasta llegar a casa. Se pintó rápidamente y dejó a Sergio al cuidado de su hermana. Tenía diez minutos para su siguiente cita. Cuando estaba a punto de salir, sonó el teléfono. Temió que la llamasen del asilo de nuevo por alguna otra catástrofe. Durante unos segundos se quedó de pie al lado del teléfono sin atreverse a descolgar. Los chicos se acercaron a hacerlo, pero la vieron ahí al lado y se quedaron quietos esperando una reacción. El teléfono parecía gritar. También podía ser su admirador secreto. Lucy contestó.

La noche anterior, al acostarse, había mirado a Lucy. Ella dormía con el pelo recogido y una mano bajo la cara, mientras el otro brazo sostenía la frazada casi envolviéndola. Llevaba medias. Alfredo sintió nostalgia del tacto de sus pies. Tenía el rostro fresco a pesar del maquillaje. Pasó una mano por su torso y la metió bajo su pijama. Palpó esa espalda suave e infantil. Besó los pelos que escapaban del moño. Besó la parte de atrás de su cuello.

—Estoy haciéndolo todo mal —dijo—. Creo que siempre lo he hecho mal. No sé cuándo empezó a ser así pero... pero ya no importa. Me gustaría ser otra persona. Pero sólo soy esto.

Ella movió el brazo y se rascó un poco la nariz. Volvió a quedarse quieta.

—El caso es que... nada. Olvídalo. Sólo que voy a hacerlo bien. Es algo que quería decirte. Trataré de decírtelo cuando estés despierta. Espero ser capaz.

A la mañana siguiente, lo esperaba en su escritorio una caja de bombones y un chanchito de peluche morado. Estaban justo encima del informe sobre ajuste tributario. El chanchito tenía un collar que decía: oink, oink. Los bombones estaban rellenos de cosas como coco, caramelo y ron. Rezó por que fuese el regalo de un cliente. La tarjeta decía Gloria. A ella la vio poco después. Entró a su oficina radiante, con la jarra de café en la mano y una sonrisa en la boca. Le pareció más fea que nunca. Ella lo besó en la nariz.

—¿Te gustan los bombones?

—Sí... sí... gracias. Me... sorprendió el chanchito...

—Es que pensé que puedo decirte «mi chanchis». ¿Te gusta?

—¿Chanchis?

—Mi chanchito, pues...

Le pellizcó la mejilla con un aire cómplice.

—Aquí te traje tu cafecito. ¿Almorzamos juntos?

—Tengo un almuerzo con los de Promoción... Eh... Hablamos luego.

Guardó su chanchis en un cajón y sacó la botella de whiskey. Vertió un poco en el café y siguió tomando eso durante toda la mañana, inmóvil en su asiento. Gloria entraba cada quince minutos a ver si todo estaba bien o necesitaba alguna cosa. Casi todas las veces pidió más café, que ella trajo con besos volados, guiños de ojo y sacaditas de lengua. Cancelaron el almuerzo de Promoción, pero él decidió almorzar en la oficina. Pidió hamburguesas. Ella se ofreció a acompañarlo. Él dijo que no era necesario. Ella insistió. Ya estaba sentada en su escritorio cuando las demás secretarias salieron a almorzar. Todas se despidieron de ellos con muchos saludos y risitas. Durante el almuerzo, ella habló de su familia. Vivía con su hijo y su sobrino. Su hermana había muerto hacía años y ella lo cuidaba. Le mostró fotos de ellos. Le contó de la hemorragia interna que había tenido su hijo por una

163

intoxicación. Por suerte ya estaba bien. Le habló de sus mejores amigas en la oficina. Sugirió que Mariela recibiese un aumento, llevaba mucho tiempo pidiéndolo y se lo merecía de verdad. Alfredo se mostró de acuerdo con todo lo que ella decía. Cuando acabaron de almorzar, mientras limpiaban los restos de mayonesa del oficio de petición de materiales, él le dijo:

—Tenemos que hablar.

El resto de la tarde fue tenso. Gloria entró a la oficina como cuatro veces. Las cuatro dijo más o menos lo mismo:

—¿Te sientes bien?

—Sí... Todo está bien.

—¿Quieres que te traiga algo?

—No. Te avisaré cuando quiera algo.

—Te noto frío.

—Por favor, Gloria. Conversemos luego. Te invito un café.

Al salir de la oficina, ella subió a su auto. La jefa de personal, que estacionaba al lado de Alfredo, salió al mismo tiempo y se despidió de los dos con una sonrisa divertida. Esta vez fueron a un café de San Isidro, cerca del Olivar. Alfredo esperaba no conocer a nadie ahí. Se sentaron en un rincón de la terraza y pidieron expresos. Ella quería tocarle las piernas, pero él se sentó al otro lado de la mesa.

—Verás, Gloria. No sé... no sé si tú merezcas una relación como la que yo te podría ofrecer...

—¿Te refieres a que estás casado?

—Sí, por ejemplo...

—Entiendo, no te preocupes. Nadie se enterará.

Le sonrió con coquetería y le tomó la mano.

—Claro, Gloria... pero me preocupa cómo estés tú. ¿Me entiendes? Cómo te sientas con... una relación secreta y... eso es muy difícil de sobrellevar... emocionalmente.

—Escucha. Yo he tenido dos matrimonios. Tampoco quiero una relación formal.

—¿Ah, no?

Ella le sonrió plena de luz.

—Yo sólo quiero alguien con quien compartir un poco... divertirnos... ir a tomar café...

—Gloria... es que yo no puedo... no puedo, simplemente. ¿Entiendes?

Ella parecía escucharlo con mucha atención. Él no tenía realmente nada que decir. Balbuceó un poco más hasta que ella lo interrumpió.

—Sé lo que te pasa.

—Lo sabes.

—Tienes miedo de no... tú sabes...

—¿Yo sé qué?

—Los hombres siempre quieren ser muy... hombres. Y cuando no es así, se ponen nerviosos.

—¿Qué quieres decir?

—Que yo no necesito a un superhombre, tú sabes, en la cama —sonrió pícaramente—. Yo te quiero por todo lo que tú eres.

—¿Estás diciendo que yo no...?

Ella le puso el dedo en la boca.

—Sht. No me importa.

Alfredo suspiró y pidió un whiskey. Desde que supo que se iba a morir, gastaba demasiado dinero en whiskey. Esperó a que se lo trajeran. Bebió todo de un trago. Y dijo:

—Gloria. Lo nuestro no puede ser. No importa lo que digas, no puede ser. Ahora me siento seguro de mí mismo y voy a tratar de salvar mi matrimonio.

Gloria se quedó quieta. Lentamente bajó la cabeza. Tardó mucho en hablar.

—Entiendo. Piénsalo con calma. No te presiones. Yo no te molestaré.

—No hay nada que pensar. Es una decisión.

—¿Y cuándo tomaste esa decisión?

Alfredo vaciló.

—¿Cuándo?

—¿Cuándo? ¿Anoche, después de intentar acostarte conmigo por primera vez? ¿O esta mañana, después de intentar acostarte conmigo por primera vez?

—Comprendo que estés molesta, pero yo...

—¿Molesta? ¿Yo? No, no te equivoques. No estoy molesta porque me hayas usado como un pedazo de carne durante exactamente diez minutos. ¿Tendría que molestarme eso?

La gente en las otras mesas empezó a mirar a Alfredo. Él quiso acariciarle la mejilla. Ella lo rechazó con la mano.

—Gloria...

—Sabía que tendríamos una relación corta. Pero nunca creí que tan corta.

—Yo no quería lastimarte...

—Ni siquiera lo esperabas, ¿verdad? Ni siquiera pensaste por un momento que podríamos pasar más de una noche juntos —su voz empezó a temblar—. Te resultó fácil convencerme, total, soy tu empleada. ¡No puedo negarme!

—No lo veas así...

—Te voy a denunciar por acoso sexual.

—Gloria, por favor, ¿para qué vamos a darle a esto más importancia de la que tiene?

—¿Eso pensaste ayer, después de dejarme en casa? ¿Para qué darle más importancia de la que tiene a esta estúpida?

—Entiéndeme. Me encantaría poder seguir saliendo contigo...

—Pero te da vergüenza que nos vean juntos.

—De ninguna manera. Estoy... orgulloso. El problema no eres tú, soy yo. No te merezco, Gloria. Eres... demasiado buena para mí... Tengo miedo de hacerte daño.

Se oyó a sí mismo y pensó que no había renovado sus explicaciones para terminar una relación desde que tenía quince años. Desde entonces, siempre lo habían abandonado a él. Excepto Lucy, que se había quedado para toda la vida.

—¿Que soy qué?

—Demasiado... buena.

—¿Que soy qué? Eres un imbécil, Alfredo. Compadezco a tu esposa no porque le pones los cuernos, sino porque eres un perfecto imbécil.

Se levantó y se fue. Alfredo trató de no moverse ni mirar hacia delante, a ver si las miradas se iban alejando a la par que el taconeo rígido y sonoro de Gloria. Cuando llegó a la puerta, ella se volvió y gritó:

—¡Y eres el peor amante que he tenido en mi vida!

Todo el café se sumió entonces en un silencio sepulcral alrededor de Alfredo. Él pagó, se levantó y salió. A doscientos metros, entre los olivos del parque, Gloria se había sentado a llorar. Se quedó unos minutos con la cara entre las manos. Un niño se acercó a preguntarle si se sentía bien. Ella dijo que sí, se levantó y trató de respirar hondo y guardar la calma. Llegó a un teléfono público y marcó el número de la casa de su jefe.

Cuando Alfredo llegó a la casa, Lucy acababa de colgar. Los niños estaban a su lado. Ella estaba pálida, y por la casa se extendía cierto olor a humedad, a moho. Alfredo preguntó por Papapa. Lucy se quedó viéndolo en silencio. Parecía no reconocerlo. Alfredo volvió a sentir el vacío alrededor, como en el café. Se quitó la corbata relajadamente y se acercó a besar a Lucy. Insistió en su pregunta. Nadie lo había saludado siquiera. Lucy dijo que no tardaría nada en preparar la comida. Cenaron un estofado de carne con puré de papa. Alfredo se moría de hambre. Sergio se moría de hambre. Mariana odiaba el estofado. Encendieron el televisor. Había una publicidad de hombres desnudos que promocionaban un perfume. Alfredo tomó nota de comprar el perfume, aunque nunca se vería como ellos. Pero era un perfume de mujer.

—¿Te quedaste trabajando hasta tarde ayer? —preguntó Lucy. Alfredo quitó los ojos de la pantalla. Lucy parecía estar sentada al otro lado del mundo.

—Un informe tributario. Ya sabes cómo son.

—Sé cómo son, sí.

Alfredo pensó que sería conveniente cambiar de tema. Miró a Sergio:

—¿Qué tal, campeón? ¿Has jugado fútbol hoy en el colegio?

—He recogido dos cucarachas y una araña que parece una viuda negra. ¿Quieres verlas?

Las sacó de sus bolsillos y las depositó en la mesa.

—¡Qué asco! —dijo Mariana—. Cómete tus porquerías o vete a comer al baño.

—¡Cállate!

—Calma, chicos.

—¡Cállate tú, que sólo hablas de cucarachas y ratas pero no tienes amigos!

—¡Mariana, no le digas eso a tu...!

—Tengo más amigos que tú. Aquí, has perdido al gato. Y en el colegio, todo el mundo dice que eres puta.

—¡Niño de mierda!

—¡Nadie te quiere porque eres mala!

—¡Sergio! ¡Mariana! —terció Alfredo—. Se van a callar los dos ahora mismo o se van castigados a su cuarto por seis meses.

—¡Él empezó!

—¡Ella empezó!

—¡No me interesa quién empezó! Lucy, ¿quieres decirles algo?

—Ha llamado tu secretaria —dijo Lucy.

Alfredo se puso nervioso. No esperaba esa respuesta. Sergio le tiró una bola de carne a su hermana.

—¿Algo del trabajo? —preguntó Alfredo.

—No. Justamente no.

Mariana le iba a devolver un cucharón de puré a su hermano, pero ahora los niños miraban alternadamente a papá y mamá. Alfredo recién miró a Lucy. Ella parecía una olla a presión, una granada sin espoleta, o su propia vida. Alfredo entendió:

—¿Quieres... que conversemos de algo a solas? ¿En nuestro cuarto?

—No.

—¿Quieres que conversemos en familia?

Hablaba lentamente, como si hablar más alto o más rápido pudiese causar una catástrofe.

—Sí. Quiero que les expliques a tus hijos por qué tienes una amante.

—¿Tienes una amante, papá? —dijo Mariana más sorprendida que molesta.

—¿Qué es una «mante»? —preguntó Sergio.

—Lucy, será mejor que...

—Será mejor que lo expliques rápido.

—Lucy, no sé de qué estás hablando.

—¿Qué es una «mante»?

—Eres un mocoso ignorante.

—Chicos, váyanse a su cuarto un rato —dijo Alfredo—. Papi y mami vamos a...

—¡No! No se vayan a ninguna parte —dijo Lucy—. Papi nos va a contar un cuento.

—Lucy, no sé qué te ha dicho Gloria pero...

—¿Qué podría haberme dicho? ¿Ah? ¿Qué podría haberme dicho?

—La he despedido y está molesta. ¡Está loca!

—Para estar loca, tiene muy buena memoria. Porque sabe exactamente dónde está cada lunar de tu cuerpo, cada cicatriz —a Lucy se le comenzó a quebrar la voz. Ella, que era una experta en llorar, lloraba por primera vez de rabia—. Sabe que fueron al mismo hotel al

171

que íbamos nosotros, sabe que te gustan los sandwiches mixtos después de hacer el amor y sabe... ¡Sabe el color de la ropa interior que te compró la estúpida de tu mujer y que te pusiste ayer!

—¿Qué hacían en un hotel? —preguntó Sergio.

—Cállate, mejor nos vamos —dijo Mariana.

Lo tomó de la mano, pero Alfredo los detuvo con un grito.

—¡No! ¿Quieres que escuchen? ¿Quieres que los chicos lo sepan todo? ¿Decimos todos la verdad? Muy bien. ¡Tu bolso, dame tu bolso!

El bolso estaba en una de las sillas del comedor. Ella trató de agarrarlo antes, pero él lo atrapó y lo levantó en el aire, como un trofeo de guerra. Luego sacó un papel de adentro. Y luego otro. Y luego otro más. Empezó a sacar decenas de pequeños papeles iguales, escritos con la misma letra. Estaban en diferentes bolsillos del bolso, en todos los compartimentos, en la agenda y en el neceser cosmético. Eran miles. Alfredo empezó a leerlos en voz alta. Dijo varias veces palabras como tetas, culo, chucha. Mariana sintió vergüenza. Y Sergio sintió ahora un miedo que nunca había sentido con los fantasmas.

—Ahora, señorita fidelidad —decía Alfredo—, explícame quién escribe esto. ¡Dime! ¿Quién te escribe estas cosas?

—No lo sé —dijo Lucy en un susurro. Su boca estaba llena de lágrimas y mocos. Sus ojos estaban rojos. Ella estaba acorralada contra la esquina del comedor.

—¡Claro que lo sabes porque vas a verlo! ¡Te ofrece citas como si fueras una puta y tú vas tras él! ¡Y te encuentras con él! ¡Como una perra! ¡Mientras tus hijos juegan con sus amigos! ¿Ah?

—No...

—¿Cómo que no? ¿Quieres que siga leyendo? ¿No te ha quedado claro? ¿Quieres que diga las cosas que le has hecho? Están escritas con todo detalle. ¿Quieres que las diga?

—¡No!

—¿Quién escribe estas cartas, Lucy? ¿Quién te dice estas cosas?

—¡Yooo! —Lucy se quebró en un llanto cortado, interrumpido de hipos—. Soy yo la que escribo las cartas.

Mariana abrazó a Sergio. Alfredo se dio cuenta de que estaba en medio de la sala, sin corbata, con varios de esos papeles en la mano, como un predicador o un agente de bolsa acabado de arruinar. Tenía la boca abierta. Lucy había ido derramándose de su silla hasta caer al suelo. Seguía repitiendo que era ella la que las escribía. Alfredo miró la letra en uno de esos papeles. Podía parecerse, sí. Y la tinta era sin duda de la pluma que ella le había regalado en su último cumpleaños, la que él nunca había usado.

—Era un juego —decía Lucy—. Era sólo un juego...

Y sus palabras se disolvían entre sus lágrimas. Sergio sintió más miedo aún. Se soltó de Mariana, corrió hacia la puerta, la abrió y salió. Sus padres no se movieron. Alfredo tardó unos segundos antes de pedirle a Mariana que fuese a buscar a su hermano. Así se quedó solo con Lucy. Se arrodilló a su lado en silencio durante un largo rato. Trató de acariciarla pero ella se zafó. Había parado de llorar. Sólo tenía pequeños temblores esporádicos.

Alfredo esperó aún más a que se calmase. Le acarició la espalda. Le rascó la cabeza como a ella le gustaba. Le tocó las mejillas, que estaban frías.

—¿Es verdad? —dijo.

Ella no dijo nada.

—Lo siento...

—Ya no importa —dijo ella—. Supongo que ya nada importa.

Alfredo trató de imaginar su vida sin ella. En su mente apareció sólo un gran agujero negro. Ya ni siquiera sabía cómo se vivía sin Lucy. Lo había olvidado. Esperó otro largo rato antes de decir:

—¿Ya no me quieres?

—No lo sé.

¿Cuántas veces había pensado en la separación? ¿Y en el suicidio? ¿Y en la posibilidad de que un maremoto arrasase la residencial y todos muriesen?

—Yo creo que... deberíamos darnos una nueva oportunidad...

Ella levantó la cara para mirarlo a los ojos.

—¿Cuánto tiempo? ¿Cuánto tiempo vamos a darle cuerda a la bomba antes de que explote?

Alfredo la amó muchísimo en ese momento. Y también la compadeció. Quiso decirle que su bomba ya tenía hora.

—Seis meses... Quizá podamos probar por los próximos seis meses. Quizá todo mejore. Para todos.

—¿Seis meses?

—Sólo seis meses.

Ella no respondió. Tragó algunas lágrimas y se sorbió los mocos. Él rompió los papeles que tenía en la mano.

Aún pasaron un rato más en el suelo, ya sin tocarse. Ella se levantó. Fue al baño. Tenía todo el maquillaje corrido, formando garabatos grotescos sobre su rostro. Lenta pero decididamente comenzó a desmaquillarse. Se limpió el rimmel y el colorete de la cara. Se quitó el brillo de uñas con acetona. Se soltó el pelo. En la ventana del baño, la niebla comenzaba a disiparse.

Pero cuando Sergio salió, aún estaba cerrado el cielo. Mientras corría escaleras abajo pensaba que el cielo los estaba envolviendo para tragarlos, como una telaraña espesa y esponjosa. Ya al nivel del suelo pensó que la única persona que podía ayudarlo a escapar del cielo era Jasmín. Corrió hacia su casa. Al llegar bajo su ventana, tiró una piedrecita contra el cristal. Jasmín se asomó.

—¿No sabes tocar el timbre?

—¡Ábreme!

Le abrió la puerta de la calle pero no le permitió pasar a la casa. Sus papás estaban discutiendo en la sala. Todos los papás del mundo estaban discutiendo a la vez. Era como un ruido agudo que laceraba sus oídos. Subieron a la azotea. Ella llevaba su Barbie pero él no había traído su Transformer. Desde ahí trataron de ver de nuevo a los vecinos, pero la niebla no lo permitía. De todos modos, Sergio pensaba que todos eran iguales. Jugaron a adivinar qué estaba haciendo cada cual en su casa. Hablaron del muerto. Jasmín estaba triste.

—¿Crees que sea un muerto bonito?

—No será más bonito que mi abuela.

—Es muy gordo.

Sergio saltó la baranda de cemento que limitaba la azotea. Se agarró de la cornisa con las dos manos y trató de bajar de espaldas buscando algún apoyo con el pie en el balcón del 4-B. Los fierros olían a óxido y la cornisa se descascaraba.

—Deberíamos tener un helicóptero.

—No podríamos. La hélice chocaría con la cornisa. Tenemos que hacerlo así.

Buscó un apoyo en la baranda del balcón. No lo encontró. Se deslizó hacia su derecha para ver si lo conseguía. Las manos se le empezaban a cansar. Se apoyó en los fierros que sobresalían del balcón tratando de mantener el equilibrio. Era difícil.

—¿Necesitas ayuda?

—Esto es para chicos. No te metas.

—Las chicas podemos hacer cosas también.

Sergio miró hacia abajo, pero lo que vio fue el suelo, cuatro pisos más abajo. Entendió que si bajaba por ahí se caería. Se movió hacia su izquierda y trató de alcanzar la balaustrada con el pie. No llegaba.

—¡Corre a la puerta, Jasmín! Entro y te abro.

Jasmín desapareció de la azotea. Sergio llegó a ponerse a la altura de la balaustrada. Se soltó de una mano. Sí, su pie encontraba apoyo en la baranda del balcón. Soltó la otra mano de la cornisa. El pie se le enganchó entre dos fierros. Trató de bajar las manos para sostenerse de la baranda. Pero al doblarse perdió el equilibrio. Se apoyó en la pared con una mano, como si la pared tuviese arrugas o asas. Con la otra, trató de alcanzar la puerta del balcón. En ese momento, la balaustrada cedió. La baranda se vino abajo por el peso. Sergio sintió que volaba.

Durante un segundo, lamentó que nadie le abriría la puerta a Jasmín. Pero no cayó mucho. Su pierna se había quedado enganchada en el balcón. Sintió una rasgadura y quedó boca abajo, suspendido en el aire. Trató de alcanzar lo que quedaba de baranda con las manos. Lo logró con la izquierda. Jaló fuertemente y consiguió trepar un poco con las dos manos. Ya con un punto de apoyo fijo, logró desenganchar la pierna, aunque todavía le dolía. Se impulsó contra la pared y logró entrar de lleno en el balcón. Empujó la puerta. El vaho que salió de la casa pareció tragárselo. Olía muy mal. Corrió a la puerta a abrirle a Jasmín.

—Puf —dijo ella.

—El muerto no se baña.

—¿Dónde está?

—No sé.

Corrieron a buscarlo por toda la casa, que parecía haber sufrido una batalla. En la cocina, los electrodomésticos estaban abiertos y su contenido tirado por todas partes. Al baño no se podía ni entrar. La sala estaba llena de cajas viejas y polvo. Pero al fin, en el último cuarto, encontraron al muerto. Estaba tirado en la cama y era, como decía Jasmín, muy gordo. Ocupaba la cama casi entera. Olía muy mal, y se veía muy verde. Tenía los ojos hundidos en el cráneo. Sergio confirmó con satisfacción que era un muerto más feo que su abuela. Jasmín estaba fascinada.

—¡Es de verdad!

—Sí. Debe estar así hace miles de años.

—¿Y sus papis y sus hijos?

—No sé. Parece que no tiene.

—Qué suerte.

—Sí.

—¿Y ahora qué hacemos?

Sergio esperaba esa pregunta. Primero buscó un par de toallas que no estuvieran demasiado apestosas y se las amarraron en la cara, como había visto hacer a los forenses en las películas. El olor se volvió más soportable. Con ayuda de Jasmín, arrimó el televisor hasta dejarlo justo frente al cuerpo. Luego se sentó sobre la pierna izquierda del cadáver. Jasmín se sentó sobre la derecha. Ahora tenía un copiloto. Con algunos libros, diseñó sobre la cama la cola de la nave. Los brazos del cuerpo podían ser las alas. Comenzaron a navegar por el espacio a solas, acelerando conforme se iban acostumbrando a los controles de la nave. Sergio le enseñó a Jasmín dónde estaban el teleportador y los cañones láser. Jasmín quiso saber dónde estaba el baño de la nave. Cuando entraron en hipervelocidad, el señor Braun entró al cuarto con su perro. Se sentó al otro lado de la cama y quedó encargado de las comunicaciones a bordo. Después entraron los chicos que Sergio había visto en la escuela. Se acomodaron en una esquina para ocuparse del plan de vuelo. La señora del hospital podría ser la artillera con su botella de suero. Y la abuela, finalmente, se ocuparía de la cocina. La abuela cocinaba bien. Ya tenían toda una tripulación interplanetaria, con sus misiones y sus habilidades. Después podrían jugar a matar insectos o a disecar ratones. Sergio lo tenía todo planeado. Se quedarían hasta tarde y nadie los iría a buscar ahí. Sergio quería que ese momento durase para siempre. Quería seguir ahí, en la cálida oscuridad que empapaba la habitación, rodeado de sus amigos, sus juguetes, sus compañeros. Sabía que eso era una despedida de todos ellos, y que nunca más los volvería a ver. Los iba a echar de menos.

Mariana no buscó a Sergio cuando salió de casa. Ella tampoco tenía ganas de volver. Dio algunas vueltas por la residencial sin rumbo fijo. Trató de imaginar a papá con una amante. Seguramente tiraba como el imbécil de Javier. Pensó que no le faltaba tanto para ser mayor de edad e irse de la casa. También se podía ir antes.

Al pasar por un edificio de la última etapa, encontró a Katy en el portal. Tuvo ganas de insultarla, pero fingió que no la veía. Katy hizo lo mismo. Mariana siguió de largo. En el estacionamiento, tío Juan Luis discutía con tía Mari Pili. Él estaba metiendo unas maletas al coche. Ella le gritaba. Mariana cambió de dirección. Atravesó la última etapa de nuevo, huyendo de todo lo conocido. En una esquina de Salaverry estaba el gato. Corrió tras él.

El gato estaba destrozado. Sangraba de un ojo y de la cola. Tenía el pelo sucio, ya casi negro, y cojeaba de una de las patas traseras. Aun así, corría como un auto de carreras. Mariana lo siguió hasta uno de los edificios. El gato se escondió entre los arbustos que lo rodeaban. Mariana dio la vuelta a los arbustos para ver si podía sacarlo por el otro lado, pero el gato le huía. Si ella se acercaba por un lado, él se refugiaba del otro. Ya iba a dejarlo ahí cuando vio a Katy del otro lado del seto. Su primer impulso fue irse de ahí. Luego cambió de opinión.

—¿Puedes cubrir ese lado? El gato está adentro.

Katy quiso responderle algo, pero luego pensó que el gato no tenía culpa de nada. Se agachó y le bloqueó la salida. Al verla, el gato salió directamente a los brazos de Mariana. Ella lo recibió con un abrazo. Lo besó. Luego se arrepintió. Debía haber cogido alguna enfermedad durante su fuga. Lo acarició. El gato temblaba. Katy se acercó.

—Está hecho una mierda —dijo.

—Se habrá ido a putear por ahí.

—Claro.

Katy se sentó. Las dos miraban hacia abajo, hacia el gato. Katy empezó a acariciarlo también. Tenía el pelaje enredado y grasiento.

—¿Hace mucho que se escapó?

—Ayer.

—No es tanto.

—Pero parece que se hubiera convertido en cerdo, ¿no?

—Sí.

Rieron aun sin mirarse a los ojos. Siguieron acariciándolo mientras clareaba el cielo sobre sus cabezas. Un rato después, por una pura casualidad, sus dedos se rozaron sobre el lomo sucio y ensangrentado del animal.

El gato fue recibido en casa como un héroe de guerra. Tuvieron que llevarlo al veterinario, pero le permitieron conservar sus huevos. Y a los pocos días, había recuperado su buen aspecto y el sillón de Papapa, donde ya no se sentaba nadie más que él. Hasta recibió un nombre: Rocky.

A Rocky le gustaba pasar las tardes estirándose y lamiéndose en el sillón. También disfrutaba afilándose las uñas contra sus brazos. Lucy nunca se las volvió a cortar. Para colmo de felicidad, el olor no volvió a molestarlo en las siguientes semanas, y hasta olvidó el odio mortal que sentía por la gata del caño de riego. No tiene sentido vivir odiando a una mujer que no se ve, ¿verdad?

Si alguna casualidad le recordaba una experiencia triste o dolorosa de su pasado, Rocky se acurrucaba cerca del respaldo del sillón, con la vista fija en la pantalla del televisor. Cada vez que lo hacía, en la pantalla aparecían los Ramos, todos juntos, saltando en la cama de los papás, reunidos para la cena o jugando cartas. Mariana se mostraba atenta y servicial, y presentaba a la familia a su primer novio formal. Sergio llevaba siempre amigos a la casa para tomar leche con galletas. Eso le gustaba a

Alfredo, que disfrutaba pasando el tiempo en casa con los chicos o, a solas, con su mujer. A menudo, Sergio tenía que pedirles que no se besasen tanto en público. Era un poco desagradable. Papapa también estaba ahí, siempre sonriendo y contando sus aventuras. Todos lo escuchaban, hasta la abuela, y se quedaban impresionados con lo que había vivido. Y al final de la imagen aparecía inclusive él, Rocky.

Ésa era la parte que más le gustaba ver. Solía entrar en escena subiéndose a las piernas de Lucy o de Sergio. Ronroneaba y frotaba su cabeza con ellos, y toda la familia le rascaba la cabeza, le acariciaba el lomo y competía para darle de comer pedazos de pescado y de jamón de verdad en vez de comida artificial. Era maravilloso. Cuando veía eso, Rocky se relajaba mucho y empezaba a cerrar los ojos para dormir. Lentamente, se iba dejando ganar por el sueño y la pantalla del televisor iba desapareciendo de su vista. En realidad, aunque le gustaba, pensaba que era mejor no verla, fingir que no estaba ahí. A fin de cuentas, la pantalla sólo mostraba fantasmas, y no es bueno creer en ellos.

Biografía

Santiago Roncagliolo (Lima, 1975) es autor de la novela *El príncipe de los caimanes* y el libro de relatos *Crecer es un oficio triste*. Con *Pudor*, que será llevada al cine, llamó poderosamente la atención de la crítica y con *Abril rojo* ganó el Premio Alfaguara 2006. Guionista, dramaturgo, autor de libros infantiles, traductor, negro literario y periodista, en la actualidad colabora con varios medios de América Latina y con *El País* en España, y también escribe diariamente en el blog www.elboomeran.com.

Otros títulos publicados
en Punto de Lectura

Generación espontánea

Axel es monitor en una piscina de París y sueña continuamente con la inaccesible Félicia, la productora de telebasura más famosa de Francia. Lorant, por su parte, es camarero en un restaurante de Saint-Germain-des-Prés y vive con Myriam, a la que quiere con locura. Cansado de llevar una vida gris y anónima, Axel tropieza un día con un antiguo, olvidado e hipnótico libro en el que ve su pasaporte hacia el dinero y la fama: convence a su amigo Lorant de que se haga pasar por el autor, y a partir de ahí se desata una espiral de mentiras y locura mediática que tendrá para ambos jóvenes unos resultados imprevisibles... y muy peligrosos.

Christophe Ono-dit-Biot (Havre, Francia, 1975) es profesor, periodista y escritor. Con este libro consiguió en su país un gran éxito de crítica y público, además de los premios Literario de la Vocación 2004 y al libro del verano del programa televisivo *Vuelo nocturno*.

Psiquiatras, psicólogos y otros enfermos

Rodrigo Montalvo Letellier vive con su mujer, sus hijos y su gato, que lo quieren con locura. Tiene un chalet adosado, un buen coche y un trabajo que le gusta. Entregado, como cualquiera de nosotros, a sus hobbies y al consumo de fin semana, lleva una vida sin sobresaltos. Y, además, es un hombre feliz. O al menos, eso ha creído siempre.

Hasta que un buen día un psiquiatra le hace dudar y el mundo se le viene encima. Nuestro héroe quiere saber qué le pasa, y visita a esos extraños seres empeñados en ocuparse de su cabeza, los psiquiatras, los psicólogos y otros enfermos, que aportan soluciones desternillantes y, por supuesto, no dudan en saquear su cartera.

Con esta novela hilarante que atrapa al lector desde la primera página, Rodrigo Muñoz Avia esconde tras el humor un análisis perturbador del alma moderna, de la imposición social de la felicidad. El autor hurga en el lado más débil de nuestra psicología, cada vez más enfermiza, insaciable e incapaz de olvidarse de sí misma. Porque ¿acaso es posible que nos sintamos infelices por el simple hecho de no sentirnos felices?